FICHES

Objectif BREVET 3e

Français

Isabelle de Lisle
Agrégée de Lettres Modernes,
professeur en collège

hachette
ÉDUCATION

Pour réviser efficacement !

Des fiches synthétiques et complètes

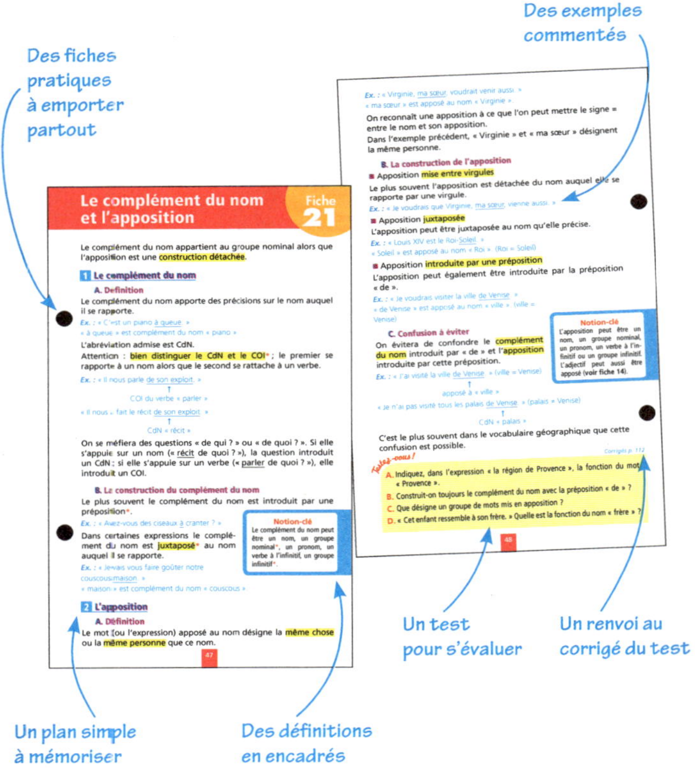

Le complément du nom et l'apposition — Fiche 21

Le complément du nom appartient au groupe nominal alors que l'apposition est une construction détachée.

1 Le complément du nom

A. Définition

Le complément du nom apporte des précisions sur le nom auquel il se rapporte.

Ex. : « C'est un piano à queue. »
« à queue » est complément du nom « piano ».

L'abréviation admise est CdN.

Attention : bien distinguer le CdN et le COI* ; le premier se rapporte à un nom alors que le second se rattache à un verbe.

Ex. : « Il nous parle de son exploit. » — COI du verbe « parler »
« Il nous a fait le récit de son exploit. » — CdN « récit »

On se méfiera des questions « de qui ? » ou « de quoi ? ». Si elle s'appuie sur un nom (« récit de quoi ? »), la question introduit un CdN ; si elle s'appuie sur un verbe (« parler de quoi ? »), elle introduit un COI.

B. La construction du complément du nom

Le plus souvent le complément du nom est introduit par une préposition*.

Ex. : « Avez-vous des ciseaux à cranter ? »

Dans certaines expressions le complément du nom est juxtaposé* au nom auquel il se rapporte.

Ex. : « Je vais vous faire goûter notre couscous maison. »
« maison » est complément du nom « couscous ».

> **Notion-clé**
> Le complément du nom peut être un nom, un groupe nominal*, un pronom, un verbe à l'infinitif, un groupe infinitif*.

2 L'apposition

A. Définition

Le mot (ou l'expression) apposé au nom désigne la même chose ou la même personne que ce nom.

47

Ex. : « Virginie, ma sœur, voudrait venir aussi. »
« ma sœur » est apposé au nom « Virginie ».

On reconnaît une apposition à ce que l'on peut mettre le signe = entre le nom et son apposition.

Dans l'exemple précédent, « Virginie » et « ma sœur » désignent la même personne.

B. La construction de l'apposition

- Apposition mise entre virgules

Le plus souvent l'apposition est détachée du nom auquel elle se rapporte par une virgule.

Ex. : « Je voudrais que Virginie, ma sœur, vienne aussi. »

- Apposition juxtaposée

L'apposition peut être juxtaposée au nom qu'elle précise.

Ex. : « Louis XIV est le Roi-Soleil. »
« Soleil » est apposé au nom « Roi ». (Roi = Soleil)

- Apposition introduite par une préposition

L'apposition peut également être introduite par la préposition « de ».

Ex. : « Je voudrais visiter la ville de Venise. »
« de Venise » est apposé au nom « ville ». (ville = Venise)

C. Confusion à éviter

On évitera de confondre le complément du nom introduit par « de » et l'apposition introduite par cette préposition.

Ex. : « J'ai visité la ville de Venise. » (ville = Venise) — apposé à « ville »
« Je n'ai pas visité tous les palais de Venise. » (palais ≠ Venise) — CdN « palais »

C'est le plus souvent dans le vocabulaire géographique que cette confusion est possible.

> **Notion-clé**
> L'apposition peut être un nom, un groupe nominal, un pronom, un verbe à l'infinitif ou un groupe infinitif. L'adjectif peut aussi être apposé (voir fiche 14).

Testez-vous ! — Corrigés p. 112

A. Indiquez, dans l'expression « la région de Provence », la fonction du mot « Provence ».
B. Construit-on toujours le complément du nom avec la préposition « de » ?
C. Que désigne un groupe de mots mis en apposition ?
D. « Cet enfant ressemble à son frère. » Quelle est la fonction du nom « frère » ?

48

Conception graphique
Couverture : Stéphanie Benoit
Intérieur : Audrey Izern

Réalisation
Mise en pages : Mediamax

www.parascolaire.hachette-education.com

ISBN : 978-2-01-714715-2

Sommaire

Conjugaison

Orthographe

Outils d'analyse

Présentation de l'épreuve

1 Modalités administratives du diplôme national du Brevet

Le diplôme national du Brevet (DNB) s'obtient en ajoutant deux types de résultats :

• les résultats acquis en cours de scolarité qui déterminent votre niveau de maîtrise du socle commun de connaissances, de compétences et de culture, évalué pour chacune de ses composantes par vos professeurs ; ce niveau est converti en points sur un total maximum de 400 points ;

• les notes obtenues aux cinq épreuves terminales de l'examen du DNB, sur un total maximum de 400 points.

• Le DNB comporte deux séries : générale et professionnelle. Si vous êtes inscrit en classe de 3ᵉ générale, vous devez vous présenter en série générale.

• La série professionnelle est réservée aux candidats bénéficiant de dispositifs particuliers (enseignement agricole, SEGPA, ULIS, UPE2A, 3ᵉ prépa-pro, DIMA) : ils peuvent choisir de se présenter en série générale.

• Si vous êtes scolarisé dans un collège, votre établissement vous proposera l'inscription au DNB et vos responsables légaux devront compléter et signer le formulaire d'inscription.
Si vous êtes candidat individuel, vous devez vous adresser à l'inspection académique de votre résidence/domicile vers les mois de novembre-décembre précédant la session de juin à laquelle vous voulez vous inscrire.

Le jour de l'épreuve, prévoyez d'avoir votre carte nationale d'identité ou un autre document officiel comportant une photographie.

2 Le niveau de maîtrise du socle commun

• Les résultats obtenus en cours d'année sont pris en compte dans toutes les disciplines pour évaluer votre niveau de maîtrise des compétences attendues dans les différents éléments qui composent le socle commun (décret n° 2015-372 du 31 mars 2015).

• Le **domaine 1** : « les langages pour penser et communiquer » décliné en ses quatre composantes :
– « Comprendre, s'exprimer en utilisant la langue française à l'oral et à l'écrit » ;
– « Comprendre, s'exprimer en utilisant une langue étrangère et, le cas échéant, une langue régionale » ;
– « Comprendre, s'exprimer en utilisant les langages mathématiques, scientifiques et informatiques » ;
– « Comprendre, s'exprimer en utilisant les langages des arts et du corps ».

• Chacun des quatre autres domaines de formation du socle :
– le **domaine 2** : « les méthodes et outils pour apprendre » ;
– le **domaine 3** : « la formation de la personne et du citoyen » ;
– le **domaine 4** : « les systèmes naturels et les systèmes techniques » ;
– le **domaine 5** : « les représentations du monde et l'activité humaine ».

- Pour chacune de ces composantes (soit 8 au total), les enseignants évaluent le degré de maîtrise que vous avez atteint. Il est attribué :
– 10 points si vous avez obtenu le niveau maîtrise insuffisante ;
– 25 points pour le niveau maîtrise fragile ;
– 40 points pour le niveau maîtrise satisfaisante ;
– 50 points pour le niveau très bonne maîtrise.
- Peuvent s'y ajouter les points obtenus pour un enseignement de complément que vous avez suivi et si vous avez atteint (10 points) ou dépassé (20 points) les objectifs d'apprentissage du cycle.

- Le total maximum de points est de 400 points (50 points × 8 composantes = 400), plus l'éventuel bonus de l'enseignement de complément.

3 L'examen terminal

- L'examen terminal en fin de 3e comporte cinq épreuves obligatoires.
- Une **épreuve écrite** qui porte sur le programme de **français**.
- Une **épreuve écrite** qui porte sur le programme de **mathématiques**.
- Une **épreuve écrite** qui porte sur le programme d'**histoire, géographie et enseignement moral et civique**.
- Une **épreuve écrite** qui porte sur le programme de **physique-chimie, sciences de la vie et de la Terre et technologie**.
- Une **épreuve orale** de 15 minutes.

4 Admission et mentions

- Pour être déclaré admis au diplôme national du brevet, vous devez obtenir un minimum de 400 points sur le total de 800.

- Des mentions sont attribuées selon le barème suivant :
– mention assez bien, si vous cumulez plus de 480 points ;
– mention bien, si vous cumulez plus de 560 points ;
– mention très bien, si vous cumulez plus de 640 points.

5 L'épreuve écrite de français

Durée de l'épreuve : 3 heures.
Notation : 100 points.

- Les points attribués à chaque exercice sont indiqués dans le sujet.
- L'épreuve prend appui sur un texte littéraire, éventuellement accompagné d'un document iconographique.
- Elle comprend trois parties correspondant aux exercices suivants :
– **Questions portant sur l'analyse d'un texte littéraire**, et de son éventuel document d'accompagnement : compréhension, grammaire dont un exercice de réécriture.
– **Dictée (20 minutes) :** un texte de 600 signes environ est dicté aux candidats.
– **Rédaction :** un sujet de rédaction à traiter parmi deux sujets proposés : un sujet de réflexion et un sujet d'imagination. La rédaction doit faire au moins deux pages (environ 300 mots).

Bien se préparer à l'épreuve tout au long de l'année

Fiche 1

L'épreuve du brevet se prépare tout au long de l'année de 3e et suppose de bien s'organiser durant les révisions et le jour de l'examen.

1 Tout au long de l'année

A. Les connaissances à acquérir

Le brevet évaluera la maîtrise des connaissances relatives aux programmes du collège. Il s'agit donc de maîtriser :
– les notions relatives aux types de textes, aux genres et aux tonalités (registres) ;
– les outils grammaticaux et les principaux procédés de style.

Méthode : Apprenez bien le cours de votre professeur ; utilisez vos manuels en complément et étudiez les **fiches 12 à 52**.

B. Les méthodes

Le brevet évaluera aussi votre savoir-faire. On attend du candidat :
– qu'il sache comprendre un corpus ;
– qu'il sache rédiger une réponse à une question et défendre un point de vue ;
– qu'il maîtrise convenablement l'orthographe courante ;
– qu'il soit capable de produire un texte en respectant des consignes précises.

> **Le corpus**
> Il peut s'agir d'un texte et/ou d'une image.

Méthode : Pratiquez régulièrement les exercices du brevet (questions, réécriture, rédaction) ; travaillez avec des annales corrigées, étudiez les **fiches 1 à 11**, relisez régulièrement les corrections de votre professeur. Lire des livres qui vous plaisent améliorera votre culture, votre capacité de réflexion et votre maîtrise de la langue.

2 Les révisions qui précèdent l'examen

A. Les conseils du professeur

Durant les jours qui précèdent l'épreuve, revoyez vos cours de français en pensant à relire avec attention les corrections de devoirs et les appréciations que le professeur a écrites sur vos copies. Cela vous permettra de repérer vos erreurs et défauts habituels afin de ne pas les reproduire le jour de l'examen.

B. Les fiches

Les fiches rassemblent de manière synthétique et précise les connaissances et les méthodes à acquérir. En vous aidant du sommaire et des « Testez-vous », commencez par les fiches relatives à des notions que vous maîtrisez moins.

3 Le jour de l'examen

A. Les questions sur le texte

– Lisez attentivement le texte en entier. Demandez-vous quel est le lien avec l'image s'il y en a une.
– Interrogez-vous :
Quels sont les personnages du texte ? Qui est le narrateur s'il s'agit d'un récit ? Quelles sont les intentions de l'auteur ?
– Rédigez correctement les réponses.
– Relisez-vous avec attention.

B. La question de réécriture

– Lisez attentivement la consigne et le texte à modifier en repérant les difficultés.
– Rédigez la réponse.
– Relisez-vous attentivement en vous posant des questions.

C. La dictée

– Écoutez attentivement la première lecture du texte.
– Écrivez en restant bien concentré(e).
– Relisez-vous soigneusement.

D. La rédaction

– Choisissez le sujet qui vous semble le plus accessible.
– Lisez avec attention la consigne.
– Préparez le plan de votre devoir au brouillon avant de rédiger soigneusement.
– Relisez-vous avec attention.

Testez-vous !

Corrigés p.

A. Dans quels domaines s'inscrivent les connaissances à maîtriser ?

B. Pourquoi est-ce utile de relire les appréciations écrites sur les copies ?

C. Que doit-on relire le jour du brevet ?

Répondre à une question sur un texte ou une image

Fiche 2

La première partie de l'épreuve, notée sur 50 points, consiste principalement en un corpus accompagné de questions. Pour réussir cette partie, il est nécessaire de lire le texte littéraire avec attention, de maîtriser les notions auxquelles il est fait appel et de soigner la rédaction des réponses.

1 La lecture du texte

A. La démarche à suivre

Il est essentiel de ne pas vous précipiter sur votre stylo et de tenter de répondre au plus vite à la première question. Avant de rédiger les réponses, vous devez lire le texte littéraire avec attention, plusieurs fois si nécessaire.
Examinez aussi l'image qui fait partie du corpus.

B. Les questions à se poser

– Quelle place le texte littéraire occupe-t-il dans le corpus ?
– Qui est l'auteur ? Pourquoi écrit-il ce texte ? À quelle époque ?
– Qu'éprouve le lecteur en lisant le texte ?
– Quels sont les personnages ? Quelles relations entretiennent-ils ?
– Quel est le thème du texte ?
– Quelle est la progression (le plan, les étapes) du texte ?
– Que représente l'image ? Quel est le lien avec le texte littéraire ?

2 Les questions

A. La lecture des questions

■ Lisez le questionnaire en repérant les questions de compréhension qui supposent un développement argumenté : il faudra y consacrer plus de temps.

■ Lisez avec beaucoup d'attention chaque question (compréhension ou grammaire) en vous demandant ce qui est attendu.

Ex. : « Relevez les adjectifs dans le premier paragraphe et précisez leur rôle. » : cette question est double, elle demande un relevé et une interprétation.

Conseil
Certaines questions contiennent parfois plusieurs attentes et il ne faut pas en oublier.

■ Lorsqu'il s'agit d'une question de grammaire, assurez-vous que vous utilisez bien les termes grammaticaux qui conviennent.

Conseil
Il peut être utile de souli[...] dans le texte les élément[...] réponse avant de les reco[...]

B. La rédaction de la réponse

■ Vous pouvez utiliser un brouillon mais vous n'aurez pas le temps de recopier l'intégralité des réponses ; il est donc nécessaire de rédiger directement sur la copie.

■ La première phrase de la réponse reprend les termes de la question. Tout se passe comme si quelqu'un pouvait comprendre votre réponse sans connaître la question posée.

Ex. : la réponse à la première partie de la question posée ci-dessus commence par : « Je relève les adjectifs qualificatifs dans le premier paragraphe. »

■ Dès que vous citez un mot ou une expression du texte (dans un relevé ou comme justification), il faut penser à le mettre entre guillemets.

■ Certaines questions de compréhension demandent une réponse développée et justifiée. Justifier, cela veut dire expliquer ce qui, dans le texte, permet de répondre de telle ou telle manière à la question. Vous serez amené(e) à citer le texte en mettant les expressions entre guillemets. Il faut éviter de citer de longs passages et préférer un relevé des expressions significatives.

■ Les réponses longues doivent comprendre plusieurs paragraphes.

C. La présentation

La présentation est importante. La copie doit être aérée et soignée : on saute au moins une ligne entre chaque réponse, on note le numéro de la question, on respecte la convention d'écriture qui consiste à souligner les titres des œuvres. L'écriture est lisible et régulière. Il est préférable d'écrire au stylo-plume et d'éviter les encres fantaisie.
Si la copie d'examen est à petits carreaux, écrivez une ligne sur deux.

Testez-vous !

Corrigés p.

A. Disposez-vous d'un dictionnaire pour élucider le sens de certains mots d[...] texte ?

B. Pourquoi faut-il repérer les questions qui demandent une répons[...] argumentée ?

C. En quoi consiste la première phrase de chaque réponse ?

Étudier la présence du locuteur dans un texte

Fiche 3

Dans un texte, le locuteur* (celui qui parle ou écrit : **voir fiche 49**) peut être l'auteur, le narrateur ou un personnage qui s'adresse à un autre personnage de l'histoire.

1 Les indices de la présence du locuteur dans un texte

A. Les indices personnels

On appelle indices personnels du locuteur les mots qui renvoient à la première personne :
– Pronoms personnels : *je, nous* (= je + d'autres), *me, moi.*
– Pronoms possessifs : *le mien, les miens, la mienne, les miennes, le nôtre*, etc.
– Déterminants possessifs : *mon, ma, mes, notre, nos.*

B. Les indices de l'opinion du locuteur

Certains mots, expressions, modes verbaux expriment l'opinion du locuteur sans que la première personne soit présente :

- Les modalisateurs : *peut-être, sans doute, sûrement.*
- Certains verbes comme *devoir* ou *pouvoir* :

Les modalisateurs
Ils viennent nuancer le degré de certitude de ce qui est dit.

Ex. : « Il a *dû* manquer son train ; il *se peut* qu'il soit en retard. »

- Le conditionnel :

Ex. : « un traité de paix *aurait été signé* ».

- Un vocabulaire mélioratif* (qui donne une vision positive de ce qui est présenté) ou péjoratif (qui en donne une vision négative).

Ex. : « ses cheveux d'or » (mélioratif),
« ses cheveux gras » (péjoratif).

C. Les indices des sentiments du locuteur

Certains mots ou types de phrases expriment les sentiments* éprouvés par le locuteur.
Le vocabulaire affectif : c'est le lexique des sentiments, des sensations*, des émotions. Parfois, le choix de certains adjectifs vient exprimer l'affection du locuteur.

Ex. : dans le célèbre poème de Joachim du Bellay, « Heureux qui comme Ulysse », les expressions « mon petit village », « ma pauvre maison », « mon petit Liré » expriment l'affection du poète pour son pays natal.

■ La phrase de forme exclamative : elle exprime un sentiment, une émotion ou une sensation.

Ex. : le premier quatrain du sonnet de du Bellay exprime la nostalgie du poète :

« Heureux qui, comme Ulysse, a fait un beau voyage,
Ou comme cestuy-là qui conquit la toison,
Et puis est retourné, plein d'usage et raison,
Vivre entre ses parents le reste de son âge ! »

■ L'interrogation rhétorique : certaines interrogations n'attendent pas de réponse ; elles expriment simplement la tristesse, la colère, l'indignation du locuteur.

Ex. : le deuxième quatrain du sonnet de du Bellay :

« Quand reverrai-je, hélas, de mon petit village
Fumer la cheminée, et en quelle saison,
Reverrai-je le clos de la pauvre maison,
Qui m'est une province, et beaucoup davantage ? »

2 Auteur, narrateur, personnage

A. Définitions

■ L'auteur est la personne réelle qui a écrit le texte.

■ Le narrateur est celui qui raconte ; il peut être inventé par l'auteur dans le cas du roman (fiction) à la première personne ou du roman épistolaire (par lettres).

■ Le personnage est un acteur de l'histoire.

B. L'autobiographie

Le récit autobiographique est un récit vrai. Le « je » désigne tantôt le personnage, tantôt l'auteur/narrateur.

Remarque
Dans l'autobiographie, a
et narrateur ne sont qu
seule et même personne

Testez-vous !

Corrigés p

A. « Il viendra peut-être. » : comment appelle-t-on l'adverbe *peut-être* ?
B. Qu'est-ce qu'un terme mélioratif ?
C. Qu'est-ce qu'un terme affectif ?
D. Qu'est-ce qu'une interrogation rhétorique ?
E. Dans quel genre littéraire auteur et narrateur se confondent-ils ?

Effectuer un exercice de réécriture

Fiche 4

1 Adjectif et subordonnée relative

A. Remplacer un adjectif par une subordonnée relative

L'adjectif et la subordonnée relative sont des expansions du nom (**voir fiche 13**) et, de ce fait, ils sont interchangeables.

Vous devez d'abord trouver le verbe qui correspond à l'adjectif à remplacer (« potable » → « boire ») ; sinon, il vous faut recourir au verbe *être*.

Il s'agit ensuite de choisir le pronom relatif qui convient *(qui, que, quoi, dont, où, lequel*, etc.*)*.

Ex. : « Tu dois emporter de l'eau potable » → « Tu dois emporter de l'eau que tu puisses boire/qui soit potable ».

B. Remplacer une subordonnée relative par un adjectif

C'est un exercice de vocabulaire : on doit trouver l'adjectif exact correspondant à la subordonnée.

Ex. : « un animal qui existait durant la Préhistoire » → « un animal préhistorique ».

Conseil
Cherchez des mots de la même famille que ceux qui figurent dans la relative.

2 Groupe nominal et subordonnée circonstancielle

Il s'agit de remplacer un groupe nominal complément circonstanciel par une subordonnée conjonctive de même fonction.

La première difficulté est d'identifier le rapport logique afin de choisir la conjonction de subordination qui convient. La seconde difficulté concerne le mode de la subordonnée : selon la conjonction utilisée le verbe sera à l'indicatif ou au subjonctif.

- But : « afin que, pour que » + subjonctif.
- Cause : « parce que, puisque, comme » + indicatif.
- Conséquence : « si bien que » + indicatif.
- Peur : « de crainte que, de peur que » + subjonctif.
- Opposition : « bien que » + subjonctif.

Ex. : « Malgré sa blessure, il a joué le match » → « Bien qu'il soit blessé, il a joué le match ».

3 Construction de la phrase

A. Passer de la voix active à la voix passive (ou l'inverse)

Prenez garde au choix du temps et à l'accord du participe passé (**voir fiche 37**).

Ex. : « Les astronomes ont observé de nouvelles étoiles » (passé composé actif) ; « De nouvelles étoiles ont été observées par les astronomes » (passé composé passif).

B. Passer du discours direct au discours indirect (ou l'inverse)

Soyez attentif(ve) à la ponctuation, au choix de la personne et à la concordance des temps.

Ex. : « Pierre lui demanda : "Pourquoi n'es-tu pas venu ?" »
« Pierre lui demanda pourquoi il n'était pas venu. »

4 Personne, genre, nombre, temps

■ Ces changements peuvent vous amener à changer certains mots (pronoms personnels ou possessifs, déterminants possessifs) et, surtout, vous devez veiller à la modification des accords. Soyez particulièrement prudent(e) lorsque des participes passés figurent dans le texte à réécrire.

Ex. : Remplacer *il* par *elle* : « Il avait gagné et on l'avait vivement félicité. »
→ « Elle avait gagné et on l'avait vivement félicité**e**. »

■ Le passage du présent au passé vous oblige à choisir entre imparfait et passé simple, ce qui peut poser quelques difficultés à la première personne du singulier des verbes du premier groupe (**voir fiche 34**).

Conseil

Si l'on vous demande réécrire le passage au p composé, méfiez-vous des ticipes passés (**voir fiche**

Testez-vous !

Corrigés p

A. Mettez à la forme passive : « Le chien repéra les skieurs. »

B. Remplacez l'expression soulignée par une proposition subordonnée éq valente : « Il reste modeste <u>en dépit de sa victoire</u>. »

C. Réécrivez au passé composé : « Je ne compte pas les tournois qu remporte. »

Traiter un sujet de rédaction

Fiche 5

1 La lecture du sujet

A. Le sujet de rédaction au brevet

■ Dans la seconde partie de l'épreuve, on vous propose deux sujets de rédaction au choix. Le premier fait davantage appel à votre imagination, le second est un sujet de réflexion.

■ Qu'il s'agisse d'imaginer ou plutôt de réfléchir, on attend de votre devoir qu'il soit soigneusement rédigé et qu'il évite le langage familier. Peut-être devrez-vous composer une lettre, un récit, une page d'un journal intime, un dialogue, etc. Toutes ces formes doivent être maîtrisées et vous pouvez être amené à les combiner.

Conseil
Vous devez choisir le sujet qui vous semble le plus accessible après avoir vérifié que vous avez bien cerné ses différentes attentes.

B. La démarche

La toute première chose à faire est de lire très attentivement le sujet et de s'interroger :
– Quelle est la question posée ? Qu'attend-on de moi ?
– Quel est le lien entre le texte d'étude et le sujet ?
– Quel est le thème du sujet ? Quelles sont ses limites ?
– Quelle est la situation d'énonciation* (locuteur*, destinataire, contexte spatio-temporel) imposée par le sujet ?
– S'il s'agit d'un récit, quels sont la personne (première ou troisième) et le temps (présent ou passé) attendus ?
– S'il s'agit d'écrire la suite du texte, quels sont les éléments importants et secondaires que je vais réutiliser ? Quel point de vue dois-je adopter ?
– Dois-je prendre position dans mon devoir, adopter un point de vue particulier ?
– S'il s'agit d'un sujet de réflexion (argumentation), quel est le problème soulevé ? En quoi est-ce un vrai problème ? Quelle thèse dois-je défendre ? Quels arguments vais-je proposer ? Quels exemples ?

2 Le travail au brouillon

A. La recherche des idées

■ Avant de se jeter dans une rédaction élaborée ou dans la confection du plan, notez les idées qui vous viennent à la lecture du sujet : des arguments, des exemples, des pistes pour la construction du récit, le dénouement possible.

■ Lorsque l'on commence à construire une histoire, il est important de savoir comment elle va se terminer ; cela permet de faire converger les détails vers le dénouement et d'éviter ainsi une fin maladroite ou bâclée.

B. La construction du devoir

Pour le sujet de réflexion notamment, il est indispensable d'organiser les idées et de fixer clairement la progression du devoir avant de commencer la rédaction. En utilisant des numéros ou des lettres, on bâtit un plan rigoureux et précis. Ne vous contentez pas de noter de vagues pistes ! Détaillez, en style télégraphique, votre plan ; la rédaction s'en trouve ensuite facilitée.
Lorsque vous avez achevé votre plan, vérifiez qu'il répond bien à la question posée par le sujet.
Les trois étapes attendues dans un devoir sont :
– l'introduction qui présente les données du sujet et pose le problème ;
– le développement qui traite le sujet : il comprend plusieurs paragraphes ;
– la conclusion qui répond à la question posée.

Conseil
Il faut sauter au moins d lignes entre l'introduc et le développement a qu'entre le développem et la conclusion.

Testez-vous !

Corrigés p.

A. Est-il exact que l'on peut vous demander de combiner narration et dialogue ?
B. Quelles sont les trois grandes étapes du devoir ?

Rédiger correctement

Fiche 6

Après avoir recherché les idées, construit de manière rigoureuse et détaillée le plan du devoir ou de la réponse argumentée à une question, il faut se lancer dans la rédaction proprement dite.

1 La rédaction

A. Brouillon ou propre ?

Vous n'aurez pas le temps de tout écrire au brouillon ; vous pouvez en revanche choisir de rédiger au brouillon l'introduction et la conclusion du devoir.

B. Rédiger des phrases correctes

- Privilégiez des phrases courtes comprenant chacune un verbe, son sujet et son complément ; si vous ne maîtrisez pas bien la rédaction, évitez des phrases longues, les subordonnées, notamment les relatives commençant par *dont*.

> **Conseil**
> Veillez soigneusement à la ponctuation et aux majuscules.

- Utilisez les connecteurs logiques qui conviennent : *ensuite, de plus, par ailleurs* (pour une nouvelle étape) ; *enfin* (pour la dernière étape) ; *ainsi, en conclusion* (pour conclure).
- Utilisez le niveau de langue courant en évitant le niveau familier même si le sujet de rédaction demande un dialogue.

C. Améliorer le vocabulaire

- Évitez les répétitions.
- Efforcez-vous de choisir le mot précis et expressif en éliminant les verbes au sens trop large comme *faire* ou *dire*.

D. Soigner l'orthographe

- Pour l'orthographe d'usage, n'hésitez pas à consulter le dictionnaire qui est autorisé durant l'épreuve de rédaction.
- Ne négligez pas les accents.
- Veillez aux accords de base **(fiche 36)**, aux homophones* **(fiche 33)**, aux verbes **(fiches 34 et 35)**, aux participes passés **(fiche 37)**.

E. Respecter les conventions d'écriture

- Il faut décaler de deux centimètres par rapport à la marge chaque début de paragraphe (alinéa).

- Les citations doivent être placées entre guillemets.
- Les titres des livres ou des films doivent être soulignés.

2 La relecture

A. Son importance

Vous devez garder dix minutes à la fin de chacune des deux épreuves pour effectuer une relecture fructueuse.

B. Méthode

Une relecture n'est efficace que si elle se fixe des objectifs précis. On pourra ainsi relire sa copie plusieurs fois en visant à chaque fois des buts différents :
– la correction des phrases : majuscule, point, syntaxe ;
– les verbes : conjugaison et accords ;
– l'orthographe : les accents et les homophones grammaticaux ;
– l'orthographe : les accords.

3 La présentation

La copie doit être lisible, soigneusement écrite et présentée.

Les ratures ne sont pas interdites, mais elles doivent être effectuées convenablement.

N'employez pas d'encres fantaisie ou trop pâles ; évitez aussi d'écrire trop petit ou trop gros.

Conseil
Prévoir des stylos en état et de quoi effacer barrer proprement.

N'hésitez pas à aérer votre devoir en sautant des lignes entre l'introduction et le développement et en marquant nettement les alinéas.

Testez-vous !

Corrigés p

A. Doit-on rédiger d'abord le devoir au brouillon ?

B. Corrigez : « Il entra. Et referma la porte derrière lui. »

C. Quelle est la méthode de relecture efficace ?

Maîtriser la ponctuation

Fiche 7

La ponctuation est l'ensemble des signes qui servent à marquer, dans un texte écrit, les intonations et les pauses de la voix. Elle contribue à donner un sens aux écrits. Sans ponctuation, ou si celle-ci est mal employée, un texte est illisible.
Il est donc important de connaître la valeur de chacun des signes pour pouvoir écrire ou commenter un texte.

1 Les signes de ponctuation en fin de phrase

A. La phrase

La majuscule qui commence la phrase et le point qui l'achève sont les bornes qui délimitent une petite unité indépendante et lisible sans contexte.

> **Conseil**
> Lorsque l'on rédige, il est nécessaire de procéder phrase après phrase afin de s'assurer que chacune d'elles est indépendante et correcte.

B. Les signes de fin de phrase

– le point [.] ;
– le point d'interrogation [?] ;
– le point d'exclamation [!] : la phrase de forme exclamative exprime une sensation* ou un sentiment* ;
– les points de suspension […] indiquent que la phrase est inachevée, marquent par exemple la surprise ou l'hésitation, la partie manquante étant sous-entendue. L'auteur joue sur l'implicite* et le lecteur doit deviner.

2 Les signes de ponctuation à l'intérieur de la phrase

À l'intérieur de la phrase, certains signes marquent des pauses plus ou moins importantes.

A. Le point-virgule

Le point-virgule [;] marque une pause importante dans la lecture. Il est beaucoup plus proche du point que de la virgule car chaque partie de la phrase coupée par un point-virgule constitue une unité indépendante du point de vue de la syntaxe.
Ex. : « Tu arrives trop tard ; il vient juste de sortir. »

B. Les deux-points

Les deux-points [:] introduisent un développement.
Il peut s'agir d'une citation, d'une réplique, d'une énumération, d'une explication, d'une conséquence, etc. Le lien entre les deux parties séparées par ce signe est implicite.

C. La virgule

La virgule [,] marque une pause légère.

Elle peut servir à détacher un élément pour le mettre en relief ou à séparer deux propositions, deux compléments, deux adjectifs, etc.

3 Les signes de ponctuation du dialogue

A. La particularité du discours direct

Au discours direct*, les paroles des personnages sont signalées par des signes spécifiques. Ainsi, il est aisé de faire la différence entre « parole » et « récit » lorsqu'on étudie un texte, mais également lorsqu'on le rédige.

Attention !
Un dialogue mal ponctu… illisible car on ne disti… plus le récit des répliques… personnages (**voir fiche**…

B. Les différents signes

■ Les deux-points [:] servent à introduire une parole ; lorsque l'on fait précéder celle-ci d'un tiret, on va à la ligne juste après les deux-points.

■ Le tiret [–] se place au début de la ligne, en tête de la réplique. Lorsque la parole est achevée, on va à la ligne pour reprendre le récit ou pour présenter, en insérant un autre tiret, la réplique de l'interlocuteur.

Ex. : *Il me demanda :*
– Qu'est-ce que c'est que cette chose-là ?
– Ce n'est pas une chose. Ça vole. C'est un avion. C'est mon avion.
Et j'étais fier de lui apprendre que je volais.

Saint-Exupéry, *Le Petit Prince*, éditions Gallimard.

■ Les guillemets [« »] encadrent la réplique ; la méthode la plus simple est de réserver les guillemets aux répliques isolées et aux citations.
Un relevé de champ lexical* par exemple permet d'étayer une analyse : chaque mot cité est placé isolément entre guillemets. De manière générale, les citations courtes sont préférées aux longues références.

Testez-vous !

Corrigés

A. De quel signe le point-virgule se rapproche-t-il le plus ?
B. Qu'exprime un point d'exclamation ?
C. Doit-on mettre des guillemets au discours indirect ?
D. Quel rôle joue la ponctuation dans un texte ?
E. Que peuvent introduire les deux-points ?

Rédiger un dialogue

Fiche 8

1 La ponctuation du dialogue

Pour ponctuer le discours direct*, on peut recourir aux guillemets ou aux tirets.

Plusieurs combinaisons sont possibles. Le plus simple est de recourir aux tirets pour un échange de plusieurs répliques et d'utiliser les guillemets pour une réplique isolée au sein d'un récit.

Conseil

Les points d'exclamation et d'interrogation sont fréquents dans le dialogue : veillez à ne pas les oublier.

2 L'introduction de la réplique

Plusieurs procédés permettent d'insérer une réplique dans un récit.

A. La proposition introductrice

Elle est placée avant la réplique et se termine par les deux-points. Elle précise le locuteur* et contient le plus souvent un verbe de parole :

Ex. : *Et je lançai :*

– Ça c'est la caisse. Le mouton que tu veux est dedans.

Saint-Exupéry, *Le Petit Prince*, éditions Gallimard.

La proposition peut aussi ne pas contenir de verbe de parole.

Ex. : *Il pencha la tête vers le dessin :*

– Pas si petit que ça… […]

Saint-Exupéry, *Le Petit Prince*, éditions Gallimard.

B. La proposition incise

La proposition incise vient se placer au milieu (entre virgules) ou à la fin de la réplique.

Elle comprend au minimum un verbe de parole et son sujet inversé.

Ex. : *– Sire, lui dit-il…, je vous demande pardon de vous interroger…*

Saint-Exupéry, *Le Petit Prince*, éditions Gallimard.

C. L'absence d'introduction

Parfois, il n'est pas nécessaire d'introduire la réplique ; le contexte doit être suffisamment clair pour que le lecteur puisse savoir sans hésiter qui parle.
Cette absence d'introduction, quand elle n'est pas source de confusion, allège le dialogue et le rend plus dynamique.

3 La diversité des procédés

A. Alterner les types de discours et les moyens pour rapporter les paroles

■ Pensez à alterner le récit et le dialogue ; un long dialogue sans aucune phrase de récit serait monotone.

■ Utilisez par moment le discours indirect* ou le discours narrativisé* pour résumer une réponse (**voir fiche 46**).

B. Varier les procédés dans le discours direct

■ Ajoutez des indications concernant le ton de la réplique ou les gestes du personnage.

Ex. : « en se retournant, d'un air désinvolte », etc.

■ Variez la manière d'introduire les répliques : pas d'introduction, une proposition introductrice, une proposition incise au milieu de la réplique, une proposition incise à la fin de la parole.

■ Variez la longueur des répliques : on peut alterner des échanges de répliques brèves et de répliques plus longues.

■ Variez les verbes introducteurs : *dire* peut toujours être remplacé par un verbe plus expressif.

Ex. : suggérer, riposter, répliquer, hurler, murmurer, annoncer, rétorquer, proposer, reprendre, etc.

Testez-vous !

Corrigés

A. Quels sont les signes de ponctuation qui signalent les paroles dans dialogue ?

B. Qu'est-ce qu'une proposition incise ?

C. Proposez six verbes introducteurs de réplique.

D. Une réplique doit-elle toujours être introduite ?

E Quels éléments trouve-t-on dans une proposition introductrice ?

Rédiger une lettre ou un article

Fiche 9

Il est fréquent au brevet que les sujets demandent d'insérer un discours argumentatif relatif à un thème donné dans une lettre ou dans un article de presse.

1 La lettre

A. La situation d'énonciation

Le sujet, notamment en marquant le lien avec le texte, vous donne des consignes précises quant à la situation d'énonciation* de la lettre à produire. Vous devez identifier clairement :

- Le locuteur*, c'est-à-dire l'auteur de la lettre : qui est-il ? son âge ? son caractère ? ses intentions en écrivant la lettre ? quel style va-t-il adopter ?
- Le destinataire, c'est-à-dire la personne à qui s'adresse le locuteur : qui est-il ? son âge ? son caractère ? quels liens entretient-il avec le locuteur ? qu'attend-il de la lettre ?
- Le contexte spatio-temporel : à quelle époque et à quel endroit la lettre est-elle censée s'écrire ? que s'est-il passé qui motive la rédaction de la lettre ?

B. Les différentes sortes de lettres

Vous devez, en fonction du sujet, choisir un certain type de lettre. S'agit-il d'une correspondance privée ou, au contraire, d'une lettre officielle ?

Attention !
Le niveau de langue pourra varier selon le type de lettre mais en aucun cas vous ne devrez recourir au langage familier.

C. Les marques du genre épistolaire

La lettre se reconnaît à certaines marques qui lui sont propres et qui varient selon le type de lettre. Vous penserez notamment à :

- L'adresse : « cher Pierre » dans la lettre privée, « Monsieur le Directeur » ou « Madame, Monsieur » pour la lettre officielle ;
- La formule finale de politesse : « à bientôt, je t'embrasse affectueusement, amicalement » ; « cordialement, je vous prie de croire à l'expression de mes sentiments distingués/respectueux » ;
- La signature : ne signez pas votre copie sauf s'il s'agit d'un nom figurant dans le texte, c'est interdit sur les copies d'examen !

D. L'objectif de la lettre

Le sujet vous indique clairement l'intention de la lettre et tout ce que vous allez écrire dans cette lettre doit avoir un lien avec cette visée. Sinon, vous risquez le hors-sujet.

2 L'article de presse

A. La situation d'énonciation

Comme pour la lettre, vous devez déterminer clairement la situation d'énonciation donnée par le sujet comme cadre de l'article.

- Le locuteur : qui est le journaliste ? écrit-il comme témoin ou pour défendre une opinion ?
- Le destinataire : qui est le lecteur du journal ? Il vous faudra tenir compte du type de journal pour choisir le style de l'article. Mais en aucun cas, ce style ne devra être familier.
- Le contexte spatio-temporel : où et quand, dans quelles circonstances, l'article est-il censé paraître ?

B. Le thème et le style

Le sujet vous donne l'objectif de l'article et vous ne devez pas le perdre de vue.

N'oubliez pas que le journaliste cherche à séduire son lecteur. Pensez à un titre original et à des formules fortes et frappantes sans être familières.

Testez-vous !

Corrigés p. 1

A. Que se passe-t-il si on ne centre pas la lettre ou l'article sur le thème donné par le sujet ?

B. Pourquoi ne doit-on pas, au brevet, signer la lettre ou l'article avec son propre nom ?

C. Peut-on recourir au niveau familier si le destinataire de la lettre est un ami ?

Rédiger un texte autobiographique

Fiche 10

1 La première personne

A. Les indices personnels

- Les pronoms personnels sujet (*je, nous*) et complément (*me, moi*), les pronoms possessifs (*le mien, le nôtre*, etc.) et déterminants possessifs (*mon, ma, notre*, etc.) marquent la présence du locuteur* dans son texte.
- On peut aussi relever des indices désignant le destinataire : pronoms personnels ou possessifs (*tu, vous, le tien*, etc.), déterminants possessifs (*ton, votre, vos*, etc.), apostrophes.

Exemple-clé
« Ô temps » dans « Ô temps, suspends ton vol » est une apostrophe.

B. Les temps des verbes

Le présent, le passé composé et le futur sont les trois principaux temps employés à la première personne. On peut, bien sûr, rencontrer d'autres temps tels que l'imparfait, le plus-que-parfait ou le présent du conditionnel.

Ex. : Aujourd'hui, je **chante** ; demain je **chanterai** encore ; hier j'**ai joué** de la guitare

C. Auteur, narrateur et personnage

- L'auteur (le locuteur) est l'être bien réel qui a composé dans des circonstances historiques définies son œuvre. Il s'adresse à un lecteur (le destinataire) bien réel lui aussi.
- Le narrateur est celui qui raconte l'histoire, la sienne ou celle d'un personnage. Dans le cas de l'autobiographie, l'auteur et le narrateur sont une seule et même personne. Dans les poèmes, le « je » désigne en général le poète lui-même.
- Le personnage est celui qui agit. Il peut être désigné par une troisième personne mais aussi par une première. Dans ce cas-là, on veille à bien distinguer le narrateur (le « je », âgé, au moment où il écrit) du personnage (le « je » enfant, par exemple).

2 Les formes de l'écriture de soi

A. Le journal intime

L'auteur fait le récit des événements au jour le jour ; il n'a en général par l'intention de publier son journal et il exprime de façon spontanée ce qu'il a ressenti.

Le journal de voyage rapporte, plus particulièrement, les événements et les paysages au fil d'un voyage.

Conseil
Si vous écrivez une [page] d'un journal intime, m[ettez] l'accent sur les émotion[s] [et] les sentiments personn[els].

B. Le texte lyrique

Il s'agit en général de poésie : le poète touche son lecteur en soignant l'expression poétique de ce qu'il a éprouvé.

C. L'autobiographie

- Cette forme d'écriture de soi suppose une distance, un recul. C'est le récit que l'on fait de sa vie quand on a atteint un certain âge et que le passé permet de mieux comprendre ce que l'on est devenu.
- Si vous rédigez une page autobiographique, vous veillerez à associer récit (ce qui s'est passé), expression des sentiments* et analyse (avec du recul) de l'événement.
- Quand le récit est faux, que le narrateur a été imaginé par l'auteur, on parle de récit de forme autobiographique.
- La biographie est le récit de la vie d'une autre personne que soi.

D. Les mémoires

Comme l'autobiographie, les mémoires supposent un certain recul : l'auteur n'écrit pas pour se comprendre lui-même mais pour témoigner d'événements historiques.

Testez-vous !

Corrigés

A. Quelle différence faites-vous entre l'autobiographie et le journal intime ?

B. Quelle différence faites-vous entre l'autobiographie et les mémoires ?

C. Dans la liste de temps, quels sont ceux qui conviennent pour un récit à [la] première personne ?
présent – passé simple – passé composé

D. Qu'est-ce qu'un texte lyrique ?

Rédiger un texte argumentatif

Fiche 11

Au brevet, et ensuite au lycée, certains sujets demandent de développer une argumentation.
On peut vous demander d'expliquer ce que vous ont apporté un roman ou un film. Les sujets prennent surtout principalement la forme d'une question : pourquoi, comment, est-ce que, etc. Vous devrez dans tous les cas construire un plan et vous appuyer sur des exemples précis.

1 L'analyse du sujet

Il est essentiel de lire attentivement le sujet donné et de se demander : « Qu'attend-on de moi ? »
Pour bien comprendre un sujet, on peut le reformuler à la première personne. Ainsi, la formule « vous présenterez les arguments de… » devient « je présente les arguments de… ».
Dans le sujet sont nécessairement présents le thème à traiter et la thèse (ou son antithèse) à développer.
On veillera à les déterminer clairement. Sur le brouillon on prendra la peine de rédiger la thèse sous la forme d'une phrase complète (avec un verbe conjugué) plutôt que comme une sorte de vague titre.

Conseil
En étant précis et attentif dans l'analyse du sujet, on évite de nombreuses erreurs graves dont le hors-sujet.

2 La recherche des arguments et des exemples

Au brouillon, avant toute rédaction, il faut rechercher les arguments en faveur de la thèse à développer et pour chaque argument proposer un ou deux exemples précis.
On peut aussi commencer par noter des exemples puis dégager à partir de là les arguments.

3 L'organisation de l'argumentation

Après avoir trouvé les arguments, il faut les classer.

- Le principe du moins important au plus important préside à l'organisation de l'argumentation. On présente toujours en premier lieu l'argument le plus léger, pour finir par celui qui est le plus convaincant.

■ Le second principe est que chaque argument doit être accompagné d'un ou de plusieurs exemples. Le groupe argument-exemple(s) formera un paragraphe au moment de la rédaction.

4 La rédaction de l'argumentation

Après avoir construit le plan du devoir, on peut passer à la rédaction proprement dite, en prenant certaines précautions.

■ Le devoir doit être composé de plusieurs paragraphes. Chaque argument accompagné de son exemple constitue un paragraphe. Pour détacher les paragraphes successifs, on va à la ligne et on marque l'alinéa en décalant de deux ou trois centimètres le premier mot. Si les paragraphes sont regroupés dans deux ou trois parties, on saute une ligne après chaque partie.

■ Les arguments doivent être expliqués clairement et les exemples développés.

■ Attention aux connecteurs logiques* : on veillera à exprimer convenablement les liens de cause ou de conséquence (**voir fiche 48**).

Conseil
Les exemples choisis d[…] les lectures personnelles […] dans des films sont touj[…] appréciés.

■ Comme pour tout devoir, la correction des phrases, la ponctuation, l'orthographe et l'écriture ne doivent pas être négligées.

■ L'argumentation proprement dite est précédée d'une introduction qui présente le problème et elle est suivie d'une conclusion qui dresse le bilan de ce qui a été montré en soulignant ce qui est important.

Testez-vous !

Corrigés p.

A. Pour classer les arguments, doit-on aller du moins important au plus impor-tant ou du plus important au moins important ?

B. Dans un texte argumentatif, de quoi est constitué un paragraphe ?

C. Quel est le rôle des connecteurs logiques dans une argumentation ?

D. Proposez trois connecteurs logiques pouvant introduire une cause.

Classes grammaticales et fonctions

Fiche 12

1 Classe grammaticale (nature) et fonction d'un mot ou d'un groupe de mots

A. Classe grammaticale

On regroupe dans les dix classes grammaticales (nature) les mots qui ont les mêmes caractéristiques. La classe grammaticale d'un mot (nom, adjectif, verbe, adverbe, etc.) ne varie pas d'une phrase à l'autre.

Conseil
On peut trouver la classe grammaticale d'un mot dans le dictionnaire éventuellement accompagnée du genre de ce mot (masculin ou féminin).

B. Fonction

La fonction d'un mot (ou d'un groupe de mots) indique son rôle dans la phrase.

Sa fonction varie d'une phrase à l'autre et se définit par rapport à un autre mot ou à la phrase. Ainsi, dire d'un mot qu'il est seulement « sujet » ou « complément » n'a aucune signification. Il est indispensable de préciser à quel mot se rattache cette fonction : il est sujet ou complément du verbe X, complément du nom ou de l'adjectif Y.

2 Les dix classes grammaticales des mots

A. Les mots invariables*

■ Les adverbes

Ils précisent le sens d'un verbe ou d'un adjectif : *très, jamais, ici, vraiment, rapidement*, etc.

■ Les prépositions*

Elles introduisent un groupe de mots : *à, dans, par, pour, en, vers, avec, de, sans, sous, chez, sur*, etc.

■ Les conjonctions de coordination

Elles relient deux mots ou deux groupes de nature identique : *mais, ou, et, donc, or, ni, car.*

■ Les conjonctions de subordination

Elles introduisent une proposition subordonnée conjonctive (**voir fiche 25**) : *que, quand, lorsque*, etc.

■ Les interjections

Elles expriment une sensation* ou un sentiment* : « Ah ! Hélas ! », etc.

B. Les mots variables*

- Les noms (les noms communs et les noms propres).
- Les adjectifs (**voir fiche 14**).
- Les déterminants (**voir fiche 15**).
- Les pronoms (**voir fiche 16**).
- Les verbes (**voir fiche 17**).

> **Attention !**
> Tous les mots ne peuv
> pas avoir toutes les fonct
> possibles.

3 Trouver la fonction d'un mot

A. La fonction dépend de la classe grammaticale du mot

Pour trouver la fonction d'un mot, il est indispensable, au préalable, d'identifier sa classe grammaticale.

- Si c'est un nom, un groupe nominal* ou un pronom, sa fonction peut être : sujet, complément d'objet direct, complément d'objet indirect, complément d'agent, complément circonstanciel, complément du nom, apposé au nom, attribut du sujet ou du COD, complément de l'adjectif.
- Si c'est un adjectif, sa fonction peut être : épithète du nom, apposé du nom, attribut du sujet ou du COD.

B. La fonction est rattachée à un mot

Afin de trouver la fonction d'un mot (ou d'un groupe de mots), on doit se demander : « À quel mot se rattache l'expression que je dois analyser ? Peut-elle être supprimée ? Peut-elle être déplacée ? »

- Si cette expression se rattache à un verbe, sa fonction peut être : sujet, COD, COI (ne peuvent être supprimés), complément d'agent.
- Si le mot se rattache à un nom, sa fonction peut être : complément du nom, apposé au nom, épithète du nom, attribut du sujet ou du COD.
- Si le mot se rattache à un adjectif, sa fonction est : complément de l'adjectif.
- Si le groupe de mots précise la phrase, sa fonction est : complément circonstanciel.

Testez-vous !

Corrigés p.

A. Énumérez les cinq catégories de mots variables.
B. Citez trois fonctions rattachées à un verbe.
C. Quelle est la classe grammaticale de « car » ?
D. Quelle est la classe grammaticale de « parce que » ?

Le nom et le groupe nominal

Fiche 13

Le groupe nominal minimal comprend le nom et son déterminant.
Le groupe nominal enrichi comprend le nom et son déterminant ainsi que des expansions du nom qui peuvent être supprimées.

1 Les différentes expansions du nom

A. L'adjectif

Il précise le sens du nom ou l'enrichit d'informations supplémentaires (**voir fiche 14**).

Ex. : « Ma nouvelle maison est la troisième à droite. »

B. Le complément du nom

Le plus souvent relié au nom auquel il se rapporte par une préposition*, le complément du nom apporte des renseignements supplémentaires (**voir fiche 21**).

Ex. : « Ma nouvelle maison, en aluminium, est la troisième à droite. »

Lorsque le groupe nominal est introduit par une préposition, on parle de groupe nominal prépositionnel.

C. La subordonnée relative

La proposition subordonnée relative apporte des précisions au sujet de l'antécédent du pronom relatif (**voir fiche 24**).

Ex. : « Véritable palace, ma nouvelle maison en aluminium, que j'ai construite de mes propres mains, est la troisième à droite. »

2 Le rôle des expansions du nom

A. Le groupe nominal enrichi

Qu'il s'agisse d'un nom en situation de complément du nom, d'un adjectif ou d'une subordonnée relative, tout élément du groupe nominal contribue à préciser ou à compléter le sens du nom-noyau.

B. La place des expansions du nom dans le texte descriptif

En étudiant les différents champs lexicaux* présents dans les expansions du nom, on peut cerner plus précisément les intentions de l'auteur dans un passage donné.

Si les expansions sont mélioratives*, c'est que l'auteur a une vision positive de ce qu'il décrit. Si les expansions sont péjoratives*, le regard posé est négatif ou dépréciatif.

Remarque
L'abondance des expan
du nom est souvent le
d'un passage descriptif.

C. Exercices de réécriture au brevet

Au brevet, certaines questions consistent en des exercices de réécriture : il peut s'agir de remplacer, sans modifier le sens, une subordonnée relative par un adjectif ou bien un adjectif par un complément du nom.

Ex. : « un enfant qui a de l'énergie » → « un enfant énergique ».
« un voyage du président » → « un voyage présidentiel ».

D. Rédaction au brevet

Pour développer un récit, une description ou une opinion, il faut recourir aux expansions du nom, choisir l'adjectif juste, ajouter une information grâce au complément du nom ou à la subordonnée relative.

Ex. : – le récit
– le récit autobiographique
– le récit autobiographique d'un souvenir d'enfance

Testez-vous !

Corrigés p

A. Quelles sont les différentes expansions du nom ?

B. Quel est l'effet produit par une abondance d'expansions du nom dans un passage ?

C. « Une revue hebdomadaire. » Substituez à l'adjectif une subordonnée relative de même sens.

D. « Un comportement d'enfant. » Substituez au complément du nom un adjec de même sens.

L'adjectif

Fiche 14

L'adjectif précise le sens du nom avec lequel il s'accorde en genre et en nombre.
C'est une des expansions du nom **(voir fiche 13)**.

1 Les adjectifs de relation et les adjectifs de description

A. Les adjectifs de relation

Ils ajoutent une caractéristique spécifique au nom qu'ils complètent. On peut les remplacer par un complément du nom **(voir fiche 21)**.

> **Attention !**
> Il est impossible de glisser un adverbe entre le nom et son adjectif de relation.

Ex. : « C'est la rentrée scolaire. » → « C'est la rentrée des écoles » ; on ne peut pas dire « la rentrée très scolaire ».

B. Les adjectifs de description

Ils présentent une qualité qui vient s'ajouter au nom. Un adverbe peut porter sur l'adjectif descriptif.

Ex. : « C'est une petite maison. » → « C'est une très petite maison. »

2 Les trois fonctions de l'adjectif

Pour trouver la fonction d'un adjectif, il faut d'abord identifier le nom ou le pronom que précise cet adjectif.

A. L'épithète du nom

L'adjectif est placé à côté (avant ou après) du nom avec lequel il s'accorde ; il n'est pas séparé de ce nom par un verbe ou une virgule (sauf en cas d'énumération).

Ex. : « Je cherche de grosses pommes, brillantes, juteuses et sucrées. »
Les trois adjectifs, ainsi que le participe passé employé comme adjectif (« sucrées »), sont épithètes du nom « pommes ».

B. L'apposé au nom

L'adjectif est détaché, par une virgule, du nom ou du pronom auquel il se rapporte.

Ex. : « Satisfaite de sa performance, elle se repose au bord de la piscine. »
« Satisfaite » est apposé au pronom « elle ».

C. L'attribut du sujet ou du COD

L'adjectif se rapporte au sujet (attribut du sujet) ou au COD (attribut du COD) par l'intermédiaire d'un verbe (**voir fiche 19**).

Ex. : « Ils semblent contents. »
L'adjectif « contents » est attribut du sujet « Ils ».
« Nous avons trouvé votre gâteau succulent. »
L'adjectif « succulent » est attribut du COD « gâteau ».

3 Les degrés de signification de l'adjectif

A. Le comparatif

– Comparatif de supériorité : « plus... que ».

Ex. : « Il est plus petit que son frère. »

– Comparatif d'infériorité : « moins... que ».

Ex. : « Il est moins petit que son frère. »

– Comparatif d'égalité : « aussi... que ».

Ex. : « Il est aussi gentil que son frère. »

Dans ces trois exemples, « que son frère » est le complément du comparatif.

B. Le superlatif relatif

– Le superlatif relatif de supériorité : « le plus... de ».

Ex. : « Il est le plus jeune de la classe. »

– Le superlatif d'infériorité : « le moins... de ».

Ex. : « Il est le moins agité de la classe. »

C. Le superlatif absolu

Il y a une idée d'intensité : « très, parfaitement », etc.

Ex. : « Il est très volontaire. »
L'adjectif « volontaire » est au superlatif absolu.

Testez-vous !

Corrigés p

A. Quelles sont les trois fonctions possibles d'un adjectif ?

B. Peut-on intercaler l'adverbe « très » entre un adjectif de relation et le no auquel il se rapporte ?

C. Combien de sortes de superlatifs relatifs peut-on rencontrer ?

D. « Votre performance est étonnante. » Quelle est la fonction de « étonnante »

Les déterminants

Fiche 15

Les déterminants sont placés devant le nom qu'ils déterminent. Ils s'accordent avec lui en genre et en nombre.

1 Les différentes catégories de déterminants

A. Les déterminants possessifs

Mon, ton, son, ma, ta, sa, mes, tes, ses, notre, votre, leur, nos, vos, leurs.

Dans un texte (excepté le dialogue), les déterminants possessifs à la première personne marquent la présence de l'auteur ou du narrateur : ce sont des indices de l'énonciation*.

B. Les déterminants démonstratifs

Ce, cet, cette, ces.

On peut rencontrer aussi des formes composées.

Ex. : « Ce livre-ci, ce livre-là. »

C. Les déterminants indéfinis

Tout, certain, chaque, plusieurs, etc.

Ex. : « Certains jours, nous recevons plusieurs amis. »

D. Les déterminants numéraux cardinaux

Un, deux, trois, quatre, etc.

Attention : *premier, deuxième, troisième,* etc. sont des adjectifs numéraux ordinaux et ne font pas partie de la catégorie des déterminants. Ils remplissent les mêmes fonctions que les adjectifs.

E. Les déterminants interrogatifs et exclamatifs

Quel, quelle, quels, quelles.

Ex. : « Quelle heure est-il ? Quelle bonne idée ! »

Quelle (1) ↑ adj. interrogatif — Quelle (2) ↑ adj. exclamatif

F. Les articles

On distingue trois sortes d'articles.

- Les articles indéfinis : *un, une, des.*
- Les articles définis : *le, la, les.*

Les articles « le » et « les » peuvent se contracter au contact des prépositions « à » et « de » ; ce sont les articles définis contractés *(au [à + le], aux [à + les], du [de + le], des [de + les]).*

L'élision

Les articles « le » et « la » peuvent s'élider (perdre leur voyelle) devant un mot commençant par une voyelle ou un *h* muet (« l'album, l'homme »).

■ Les articles partitifs : *du, de la, de l'.*

Ex. : « Je voudrais du pain et de la confiture. »

On peut les remplacer par « un peu de ».

■ Veillez à ne pas confondre « des », article indéfini (pluriel de « un » ou « une »), et « des », article défini contracté (« de + les »).

Attention !
Distinguez « du », a[rticle] défini contracté (« de + [le] ») et « du », article pa[rtitif] (« un peu de »).

2 Déterminants et pronoms

Aux catégories des déterminants possessifs, démonstratifs, indéfinis correspondent les catégories des pronoms possessifs, démonstratifs et indéfinis.

Ex. : « C'est son avis ; ce n'est pas le mien. »
son ↑ dét. possessif — le mien ↑ pr. possessif

Pour les distinguer, on se rappellera que les déterminants sont placés devant le nom avec lequel ils s'accordent alors que les pronoms remplacent le nom.

On veillera également à bien distinguer les articles définis « le, la, les, l' » placés devant un nom et les pronoms personnels « le, la, les, l' » placés devant un verbe.

Ex. : « Voilà le coucher du soleil, je le contemple. »
le ↑ art. défini — le ↑ pr. personnel

Testez-vous !

Corrigés p

A. Quelles sont les trois grandes catégories d'articles ?

B. « Nous avons coupé du bois. » Quelle est la classe grammaticale de « du »

C. « J'ai acheté du pain et des pommes. » Donnez la classe grammaticale « des ».

D. « Je ne les ai pas vus. » Donnez la classe grammaticale de « les ».

Les pronoms

Fiche 16

Les pronoms peuvent être des substituts*. Ils peuvent remplacer :
– un nom (« Pierre viendra, je lui ai téléphoné. ») ;
– un adjectif (« Il n'est pas raisonnable ; il le deviendra. ») ;
– une proposition (« Il viendra ; je le sais. »).
Les pronoms peuvent aussi désigner le locuteur* (*je*, *moi*, etc.) ou son destinataire (*tu*, *toi*, etc.).

1 Les différentes catégories de pronoms

A. Les pronoms possessifs

Le mien, le tien, le sien, le nôtre, le vôtre, le leur, etc.

Comme les déterminants possessifs et les pronoms personnels de la première personne, les pronoms possessifs de la première personne sont, dans un texte, des indices de l'énonciation*.

> **Attention !**
> Ne pas confondre les pronoms possessifs et les déterminants possessifs (*mon*, *ton*, etc.), **voir fiche 15**.

B. Les pronoms démonstratifs

Ce, celui, celle, ceux, celles.

Des formes composées existent également : *ceci, cela, celui-ci, celle-là, ceux-ci, ceux-là, celles-ci, celles-là.*

C. Les pronoms indéfinis

Tout, chacun, le même, certain, la plupart, plusieurs, quelqu'un, etc.

Certaines formes (*tout, certain, plusieurs*, etc.) sont communes aux déterminants indéfinis et aux pronoms indéfinis : veillez à bien faire la distinction.

***Ex.* :** « Tous (déterminant indéfini) nos amis sont invités ; tous (pronom indéfini) ne viendront pas. »

D. Les pronoms personnels

On distingue plusieurs catégories de pronoms personnels.

- Les pronoms personnels sujets : *je, tu, il, elle, on, nous, vous, ils, elles.*
- Les pronoms personnels compléments : *me, te, se, nous, vous, moi, toi, soi, le, la, les, l', lui, leur* (invariable), *elle, elles, eux.*
- Les pronoms personnels adverbiaux : *en* et *y*.

E. Les pronoms relatifs

- Les formes simples : *qui, que, quoi, dont, où.*
- Les formes composées : *lequel, laquelle, duquel,* etc.

Ils ont un double rôle : comme pronoms, ils remplacent un nom (ce nom est l'antécédent du pronom relatif) ; comme relatifs, ils relient une proposition subordonnée à la proposition principale dont elle dépend.

La subordonnée introduite par un pronom relatif est une proposition subordonnée relative (**voir fiche 24**).

Ex. : « L'examen que je prépare est le brevet. » « L'examen » est l'**antécédent** du pronom relatif « que ».

F. Les pronoms interrogatifs

- Les formes simples : *qui, que, quoi.*
- Les formes composées : *lequel, laquelle, duquel,* etc.

Pour distinguer pronoms interrogatifs et relatifs, on se rappellera que, la plupart du temps (**voir fiche 24**), le pronom relatif est précédé de son antécédent, ce qui n'est pas le cas du pronom interrogatif.

Ex. : « C'est Marine qui viendra. Je sais qui viendra. »

(qui ↑ pr. relatif ; qui ↑ pr. interrogatif)

2 La fonction des pronoms

Malgré son rôle de substitut, la fonction d'un pronom n'est jamais « remplace le nom… ». Il peut prendre toutes les fonctions possibles du nom qu'il remplace (sujet, COD*, COI*, CC*, attribut du sujet, etc.).

Pour trouver cette fonction, il suffit de substituer au pronom le mot ou l'expression qu'il remplace.

Ex. : « Je suis allée à la piscine ; j'en reviens = je reviens de la piscine. » « de la piscine » est un complément de lieu ; « en » est donc également un complément de lieu.

Testez-vous !

Corrigés p

A. Indiquez à quelle catégorie de pronom appartient « celui-ci ».

B. Quels sont les pronoms personnels adverbiaux ?

C. Quelles catégories de pronoms peuvent être des marques de l'énonciation

D. « Je me demande qui a téléphoné. » Quelle est la nature de « qui » ?

Le verbe

Fiche 17

Au brevet, les questions portant sur l'analyse d'un verbe sont fréquentes. Il est souvent demandé d'identifier un mode et un temps, puis de commenter la valeur de chacun dans le texte.

Des questions de réécriture font également appel à une bonne connaissance de la conjugaison.

Les **fiches 26 à 31** précisent la conjugaison et la valeur des temps.

1 La classification des verbes

A. Les groupes et les auxiliaires

- Le premier groupe : les verbes en *-er*, sauf *aller*.
- Le deuxième groupe : les verbes en *-ir qui font -issons* au présent (ex. : *finir*).
- Le troisième groupe : les autres verbes.
- Les auxiliaires *avoir* et *être* permettent de conjuguer les verbes à un temps composé.

Ces deux verbes peuvent être utilisés avec leur sens fort ou comme auxiliaire.

Ex. : Sens fort : « Nous avons un chien. »
Auxiliaire : « Nous avons acheté un chien. »

Le verbe *aller* peut aussi, en plus de son sens fort, jouer le rôle d'un auxiliaire.

Ex. : « Nous allons commencer notre spectacle. »

B. Les verbes d'état et les verbes d'action

Les verbes d'état expriment une situation : on les reconnaît à ce qu'ils peuvent être remplacés par le verbe *être*. Un verbe d'état introduit le plus souvent un attribut (**voir fiche 19**).

Attention !
Un verbe d'état ne peut pas introduire un complément d'objet.

Au contraire, les verbes d'action ne peuvent pas se remplacer par *être*.

C. Les verbes transitifs et les verbes intransitifs

Un verbe transitif admet un complément d'objet alors qu'un verbe intransitif n'en admet pas (**voir fiche 18**).

2 Les modes et les temps

A. Les modes

Il existe six modes : deux modes impersonnels (qui ne se conjuguent pas) et quatre modes personnels. Chaque mode comprend plusieurs temps.

Ainsi, lorsque l'on dit imparfait de l'indicatif, « imparfait » est le temps et « indicatif » est le mode.

- Les modes impersonnels sont l'infinitif et le participe.
- Les modes personnels sont l'indicatif, le subjonctif, le conditionnel et l'impératif.

B. La valeur des modes personnels

- L'indicatif est le mode des actions certaines.
- Le subjonctif et le conditionnel expriment des actions dont la réalisation est incertaine (**voir fiches 29 et 30**).

Ex. : « Je souhaite que tu viennes. » L'action de venir dépend d'un souhait.

- L'impératif exprime un ordre, une interdiction ou un conseil.

C. Les temps

Il existe des temps simples tels que le présent ou le futur et des temps composés formés d'un auxiliaire et du participe passé.

3 Les voix active, passive et pronominale, la forme impersonnelle

- Un verbe transitif peut être à l'actif ou au passif (**voir fiche 31**).
- Un verbe est pronominal lorsque le pronom sujet et le pronom complément sont à la même personne.

Ex. : « Je me lève. »
« Ils se parlent. »

- Dans la forme impersonnelle, la terminaison du verbe est commandée par un sujet purement grammatical (**voir fiche 18**).

Ex. : « Il pleut des cordes. »

Testez-vous !

Corrigés p.

A. Comment peut-on reconnaître un verbe pronominal ?
B. Quels sont les modes personnels ?
C. Quelle est la valeur de l'indicatif ?
D. Comment reconnaît-on un verbe d'état ?
E. Qu'est-ce qu'un verbe intransitif ?

Le sujet, le COD et le COI

Fiche 18

Le sujet et les compléments sont des fonctions essentielles* qui se rattachent à un verbe.

1 Le sujet du verbe

A. Définition

■ Dans la proposition, le sujet détermine la terminaison du verbe.

Remarque
Le sujet est aussi ce dont parle la proposition.

■ À la voix active*, le sujet effectue l'action exprimée par le verbe alors qu'à la voix passive*, le sujet subit l'action.

B. La place du sujet

Le plus souvent le sujet est placé avant le verbe. Il est parfois inversé : dans une phrase interrogative, après certains adverbes ou bien pour des raisons de style.

C. La classe grammaticale du sujet

Le sujet peut être un nom, un groupe nominal*, un pronom, un verbe à l'infinitif, une proposition subordonnée.

2 La forme impersonnelle

Dans la forme impersonnelle, le pronom qui détermine la terminaison du verbe est vide de sens : c'est un sujet grammatical. Parfois, le verbe est suivi d'un nom ou d'un groupe nominal qui effectue réellement l'action : on dit alors qu'il est le sujet logique.

Ex. : « Il pleut des cordes. »
– « Il » est le sujet grammatical du verbe « pleuvoir » ;
– « des cordes » est son sujet logique (ou sujet réel).

3 Les compléments d'objet

Les compléments d'objet ne peuvent pas être supprimés.

A. Le complément d'objet direct (COD)

Le COD* est construit directement, c'est-à-dire sans l'intermédiaire d'une préposition*.
On le reconnaît à ce qu'il répond aux questions « qui ? » ou « quoi ? » posées à partir du verbe.

Ex. : « Le chien suit son maître. » (« suit qui ? »)
↑
COD du verbe « suivre »

B. Le complément d'objet indirect (COI)

Le COI* est construit indirectement, c'est-à-dire avec l'intermédiaire d'une préposition.

On le reconnaît à ce qu'il répond aux questions « à qui ? à quoi ? de qui ? de quoi ? » posées à partir du verbe.

Ex. : « Il obéit à son maître. » (« obéit à qui ? »)
↑
COI du verbe « obéir »

Quand le COI est un pronom placé avant le verbe, il n'y a pas de préposition.

Ex. : « Le chien lui obéit. » (« obéit à qui ? »)
↑
COI du verbe « obéir »

Certains verbes admettent deux compléments d'objet.

Ex. : « Le professeur donne des conseils à ses élèves. »

Le professeur donne ↗ quoi ? des conseils, COD de « donner »
↘ à qui ? à ses élèves, COI de « donner »

C. La classe grammaticale des compléments d'objet

Le complément d'objet peut être un nom, un groupe nominal, un verbe à l'infinitif, une proposition subordonnée.

4 Les verbes transitifs et intransitifs

Un verbe intransitif n'admet aucun complément d'objet.

Un verbe transitif admet un complément d'objet :

– si c'est un COD, on dira que le verbe est transitif direct ;

– si c'est un COI, on dira que le verbe est transitif indirect ;

– s'il admet deux compléments d'objet de constructions différentes, on dira que le verbe est à double transitivité.

Testez-vous !

Corrigés p

A. Qu'est-ce qu'un sujet inversé ?

B. Qu'est-ce qu'un verbe transitif indirect ?

C. Comment appelle-t-on la construction dans laquelle le pronom « il » ne renvoie à rien ?

D. « Il s'est produit un accident. » Quelle est la fonction de « accident » ?

E. « Je le lui donne. » Quelle est la fonction de « lui » ?

L'attribut du sujet et du COD

Fiche 19

1 L'attribut

A. Définition

■ L'attribut (du sujet ou du COD) désigne une caractéristique attribuée :
– au sujet (attribut du sujet) ;
– ou au COD (attribut du COD), par l'intermédiaire d'un verbe.

Ex. : « Ces aventures sont invraisemblables. »
→ « invraisemblables » est attribut du sujet « aventures ».
« J'ai trouvé ces aventures invraisemblables. »
→ « invraisemblables » est attribut du COD « aventures ». En effet, « invraisemblables » se rapporte à « aventures » par l'intermédiaire du verbe « trouver » : « J'ai trouvé que ces aventures étaient invraisemblables. »

■ Il faut bien distinguer l'adjectif épithète de l'attribut du COD.

Ex. : « J'ai ramassé des pommes rouges. »
→ « rouges » est épithète du nom « pommes ».
« J'ai trouvé ces pommes acides. »
→ « acides » est attribut du nom « pommes ».

Remarque
L'attribut, sauf cas particulier, s'accorde en genre et en nombre avec le mot auquel il se rapporte.

B. La classe grammaticale de l'attribut

La plupart du temps l'attribut est un adjectif **(voir fiche 14)** ou un groupe nominal*.

Mais on peut également rencontrer :

– un pronom

Ex. : « C'est lui ! » « lui » est attribut du sujet « C' ».
Cette tournure est dite « présentative ».

– un verbe à l'infinitif

Ex. : « Souffler n'est pas jouer. » « jouer » est attribut du sujet « Souffler ».

– une proposition subordonnée

Ex. : « L'important est que tu fasses de ton mieux. »
« que tu fasses de ton mieux » est attribut du sujet « L'important ».

– un participe passé

Ex. : « Je suis fatigué(e). » « fatigué(e) » est attribut du sujet « Je ».

2 Les verbes attributifs

Un verbe attributif est un verbe avec lequel se construit un attribut du sujet (ou du COD).

A. Les différents verbes attributifs

Le verbe *être* et les verbes d'état (*demeurer, sembler, rester, paraître, devenir*, etc.) sont des verbes attributifs.

On peut trouver également : *avoir l'air de, s'appeler, passer pour, naître, vivre (heureux), partir, revenir (enchanté), tomber (malade)*, etc.

Au passif, certains verbes peuvent introduire un attribut du sujet : *être désigné, être élu, être nommé, être considéré comme*, etc.

Attention : un verbe d'état n'introduit pas nécessairement un attribut du sujet.

Ex. : « Il demeure satisfait. »
→ « satisfait » est attribut du sujet « Il ».
« Il demeure à Pékin. »
→ « à Pékin » est un complément de lieu.

B. Méthode pour identifier un verbe attributif

On peut remplacer un verbe attributif par le verbe *être*.

Ex. : « Elle s'appelle Élodie. » → « Elle est Élodie. »
Le verbe « s'appeler » est un verbe attributif.
« Elle appelle son chien. » → « Elle est son chien. »
Cette construction n'a pas de sens ; le verbe « appeler » n'est donc pas un verbe attributif.
« son chien » est COD du verbe « appeler ».

Testez-vous !

Corrigés p.

A. Par quel verbe peut-on remplacer un verbe attributif ?
B. Comment appelle-t-on les verbes *demeurer, rester, sembler*, etc. ?
C. L'attribut du sujet s'accorde-t-il avec le sujet ?
D. Avec quel mot s'accorde l'attribut du COD ?
E. « Il a été élu délégué. » Quelle est la fonction de « délégué » ?

Les compléments circonstanciels

Fiche 20

1 Définition

A. Des compléments qui ne sont pas essentiels

À la différence des fonctions « sujet » ou « complément d'objet » qui sont des fonctions essentielles, le complément circonstanciel peut être supprimé ou déplacé.

> **Remarque**
> Le complément circonstanciel n'appartient pas à la phrase minimale.

B. Des confusions à éviter

■ Pour simplifier l'écriture, on peut recourir à l'abréviation « CC ». Cependant, on évitera de multiplier les abréviations car elles conduisent à des confusions.

Ainsi, « CCM » peut désigner le complément circonstanciel de manière, mais aussi celui de moyen. De même, « CCC » peut évoquer la cause, comme la conséquence. Mieux vaut donc se limiter à « CCL » pour le complément circonstanciel de lieu et à « CCT » pour le complément circonstanciel de temps.

■ D'autre part, certaines indications de temps, de lieu, de manière, etc. ne sont pas nécessairement des compléments circonstanciels.

Ex. : « J'aime la nuit. » « la nuit » est COD du verbe « aimer ».

2 Sens et classe grammaticale des compléments circonstanciels

A. Les différents sens des compléments circonstanciels

Le sens d'un complément circonstanciel, c'est l'information qu'il apporte.

■ Complément circonstanciel de lieu (CCL).

Ex. : « Elle part aux États-Unis cet été. »

■ Complément circonstanciel de temps (CCT).

Ex. : « Elle part aux États-Unis cet été. »

■ Complément circonstanciel de manière.

Ex. : « Elle prépare ses bagages avec méthode. »

■ Complément circonstanciel de moyen.

Ex. : « Elle part en avion. »

■ Complément circonstanciel d'accompagnement.

Ex. : « Il part avec son frère. »

■ Complément circonstanciel de cause.

Ex. : « Il a agi ainsi par jalousie. »

■ Complément circonstanciel de conséquence.

Ex. : « Il est jaloux si bien qu'il a décidé d'acheter le même blouson. »

Attention : ne pas confondre la cause et la conséquence d'une action.

■ Complément circonstanciel de but.

Ex. : « Je prépare mes bagages pour être prêt le jour J. »

■ Complément circonstanciel d'opposition.

Ex. : « Bien que le départ ne soit que dans une semaine, je prépare mes bagages. »

■ Complément circonstanciel de condition.

Ex. : « Si je ne veux pas être en retard, je dois mettre mon réveil. »

Attention !
Ne pas confondre c
plément circonstanciel
moyen et complément
constanciel de manière
1er est un instrument
réalité concrète), le 2e
voie à une réalité abstra

B. La classe grammaticale des compléments circonstanciels

Les compléments circonstanciels peuvent être :

■ Un nom ou un groupe nominal* prépositionnel.

Ex. : « Il se lève tôt par habitude. » (CC de cause)

■ Un pronom.

Ex. : « Je ne vais pas à la piscine, j'en reviens. » (CCL)

■ Un verbe à l'infinitif ou un groupe infinitif*.

Ex. : « Ils s'entraînent pour gagner le match. » (CC de but)

■ Un adverbe.

Ex. : « Elle nage régulièrement. » (CC de manière)

■ Un participe présent ou un gérondif.

Ex. : « Il est parti en claquant la porte. » (CC de manière)

■ Une proposition subordonnée.

Ex. : « Il est parti parce qu'il n'était pas d'accord. » (CC de cause)

Testez-vous !

Corrigés p.

A. Que veut-on dire quand on affirme que le complément circonstanciel n'es pas une fonction essentielle ?

B. À quoi correspond l'abréviation CCT ?

C. « Il court vite. » Donnez la classe grammaticale et la fonction du mot « vite »

D. « Il est en prison pour vol. » Quelle est la fonction de « pour vol » ?

Le complément du nom et l'apposition

Fiche 21

Le complément du nom appartient au groupe nominal alors que l'apposition est une construction détachée.

1 Le complément du nom

A. Définition

Le complément du nom apporte des précisions sur le nom auquel il se rapporte.

Ex. : « C'est un piano à queue. »
« à queue » est complément du nom « piano ».

L'abréviation admise est CdN.

Attention : bien distinguer le CdN et le COI* ; le premier se rapporte à un nom alors que le second se rattache à un verbe.

Ex. : « Il nous parle de son exploit. »
↑
COI du verbe « parler »

« Il nous a fait le récit de son exploit. »
↑
CdN « récit »

On se méfiera des questions « de qui ? » ou « de quoi ? ». Si elle s'appuie sur un nom (« récit de quoi ? »), la question introduit un CdN ; si elle s'appuie sur un verbe (« parler de quoi ? »), elle introduit un COI.

B. La construction du complément du nom

Le plus souvent le complément du nom est introduit par une préposition*.

Ex. : « Avez-vous des ciseaux à cranter ? »

Dans certaines expressions le complément du nom est juxtaposé* au nom auquel il se rapporte.

Ex. : « Je vais vous faire goûter notre couscous maison. »
« maison » est complément du nom « couscous ».

Notion-clé
Le complément du nom peut être un nom, un groupe nominal*, un pronom, un verbe à l'infinitif, un groupe infinitif*.

2 L'apposition

A. Définition

Le mot (ou l'expression) apposé au nom désigne la même chose ou la même personne que ce nom.

Ex. : « Virginie, ma sœur, voudrait venir aussi. »
« ma sœur » est apposé au nom « Virginie ».

On reconnaît une apposition à ce que l'on peut mettre le signe = entre le nom et son apposition.

Dans l'exemple précédent, « Virginie » et « ma sœur » désignent la même personne.

B. La construction de l'apposition

■ Apposition **mise entre virgules**

Le plus souvent l'apposition est détachée du nom auquel elle se rapporte par une virgule.

Ex. : « Je voudrais que Virginie, ma sœur, vienne aussi. »

■ Apposition **juxtaposée**

L'apposition peut être juxtaposée au nom qu'elle précise.

Ex. : « Louis XIV est le Roi-Soleil. »
« Soleil » est apposé au nom « Roi ». (Roi = Soleil)

■ Apposition **introduite par une préposition**

L'apposition peut également être introduite par la préposition « de ».

Ex. : « Je voudrais visiter la ville de Venise. »
« de Venise » est apposé au nom « ville ». (ville = Venise)

C. Confusion à éviter

On évitera de confondre le **complément du nom** introduit par « de » et l'**apposition** introduite par cette préposition.

Ex. : « J'ai visité la ville de Venise. » (ville = Venise)
↑ apposé à « ville »

« Je n'ai pas visité tous les palais de Venise. » (palais ≠ Venise)
↑ CdN « palais »

Notion-clé
L'apposition peut être nom, un groupe nom un pronom, un verbe à finitif ou un groupe inf L'adjectif peut aussi apposé (**voir fiche 14**).

C'est le plus souvent dans le vocabulaire géographique que cette confusion est possible.

Testez-vous !

Corrigés p

A. Indiquez, dans l'expression « la région de Provence », la fonction du m « Provence ».

B. Construit-on toujours le complément du nom avec la préposition « de » ?

C. Que désigne un groupe de mots mis en apposition ?

D. « Cet enfant ressemble à son frère. » Quelle est la fonction du nom « frère »

Les types et formes de phrases

Fiche 22

Les phrases peuvent se classer de deux façons :
– selon l'intonation ;
– selon le nombre de verbes conjugués contenus dans la phrase.

1 Les types de phrases selon l'intonation

On distingue trois types de phrases.

A. La phrase déclarative

La phrase déclarative se termine par un point ou un point d'exclamation. Elle délivre une information.

Ex. : « J'étudie les types de phrases. »

B. La phrase impérative

La phrase impérative s'achève par un point ou par un point d'exclamation. Elle exprime un ordre, une interdiction ou un conseil.

Ex. : « Dépêche-toi ! »

Remarque
Le point d'exclamation peut également se rencontrer à la fin d'une phrase déclarative ou impérative.

Dans une phrase impérative, le verbe n'est pas toujours à l'impératif ; les modes infinitif ou subjonctif s'emploient également. Certaines phrases non verbales peuvent aussi être impératives.

Ex. : « Ne pas marcher sur la pelouse. » (infinitif)
« Qu'il vienne me voir ! » (subjonctif)
« Défense de courir. » (phrase non verbale)

C. La phrase interrogative

La phrase interrogative exprime une question. Elle se termine par un point d'interrogation. On distingue l'interrogation totale de l'interrogation partielle.

- L'interrogation totale porte sur la totalité de la phrase ; elle admet deux réponses possibles : « oui » ou « non ».

Ex. : « Pourras-tu venir samedi ? » (oui, non)

- L'interrogation partielle porte sur une partie de la phrase ; elle admet une infinité de réponses possibles.

Ex. : « Quand viendras-tu ? » (lundi, dans un mois, etc.)

D. Les formes de phrases

Les phrases peuvent être à la forme négative.

Ex. : « Ne viens pas. » → Phrase impérative de forme négative

Les phrases peuvent se mettre à la forme exclamative.

Ex. : « Je t'attends ! » → Phrase déclarative exclamative

2 Les types de phrases selon le nombre de verbes conjugués

On appelle verbe conjugué un verbe à l'indicatif, au conditionnel, au subjonctif ou à l'impératif, c'est-à-dire à un mode personnel*.

A. La phrase non verbale

La phrase non verbale ne contient aucun verbe conjugué.

Ex. : « Prière de respecter les plantations. »

Attention !
Les verbes à l'infinitif c[…] participes passés sans [...]liaire ne sont pas des v[…] conjugués.

B. La phrase simple

La phrase simple contient un seul verbe conjugué.

Ex. : « J'ai essayé de te téléphoner hier soir. »

C. La phrase complexe

La phrase complexe contient plusieurs (deux ou plus) verbes conjugués. Elle est donc composée de plusieurs propositions (**voir fiche 23**).

Ex. : « Je voudrais que tu me donnes un conseil. »

Testez-vous !

Corrigés

A. Qu'est-ce qu'une phrase non verbale ?

B. Qu'exprime une phrase exclamative ?

C. Par quels signes de ponctuation peut s'achever une phrase injonctive ?

D. Dites ce qu'est une interrogation totale.

E. Quel peut être le mode d'un verbe conjugué ?

F. Combien y a-t-il de verbes conjugués dans une phrase simple ?

La phrase complexe

Fiche 23

1 Définition

■ Deux propositions qui ne sont pas liées sont juxtaposées*.

Ex. : « [Viens], [nous t'attendions]. » Les deux propositions indépendantes sont juxtaposées.

■ Deux propositions reliées par une conjonction de coordination* sont coordonnées.

Ex. : « [Viens] [car nous t'attendions]. » Les deux propositions indépendantes sont coordonnées.

■ On parle de subordination quand une proposition (subordonnée) complète une autre proposition (principale).

Ex. : « [Je voudrais] [(que) tu viennes]. »

↑ prop. subordonnée

2 Les trois grandes catégories de propositions

A. La proposition indépendante

La proposition indépendante se suffit à elle-même ; elle fonctionne comme une phrase simple **(voir fiche 22)**.

Ex. : « [Il pleut], [nous ne sortons pas]. »

> **Remarque**
> La phrase complexe (**voir fiche 22**) comporte généralement autant de propositions que de verbes conjugués.

B. La proposition subordonnée

La proposition subordonnée dépend d'une proposition principale. Elle est introduite par un mot subordonnant (pronom relatif, conjonction de subordination*, pronom ou adverbe interrogatif) **(voir fiches 24 et 25)**.

Ex. : Je crois [que tu es content].

↑ prop. sub.

C. La proposition principale

La proposition principale dirige, comme son nom le suggère, une ou plusieurs propositions subordonnées.

3 Les trois catégories de subordonnées

A. La proposition subordonnée relative

Voir fiche 24.

B. La proposition subordonnée interrogative indirecte

Voir fiche 25.

C. La proposition subordonnée conjonctive

Voir fiche 25.

– La subordonnée « complétive » introduite par « que ».
– La subordonnée « circonstancielle ».

4 Repérage des propositions : la méthode

1. Je souligne et je compte les verbes conjugués : il y a autant de propositions que de verbes conjugués.

Ex. : « Viens, je voudrais que tu m'aides. »

2. J'entoure les mots subordonnants : ils sont toujours en tête d'une proposition subordonnée.

Ex. : « Viens, je voudrais **que** tu m'aides. »

S'il n'y a aucun mot subordonnant, il n'y aura aucune proposition subordonnée et la phrase ne comportera pas non plus de proposition principale.

3. Je délimite la (ou les) proposition(s) subordonnée(s).

Ex. : « Viens, je voudrais [**que** tu m'aides]. »

↑ prop. subordonnée

4. Je délimite la proposition principale qui dirige la proposition subordonnée.

Ex. : « Viens, [je voudrais] [**que** tu m'aides].

↑ prop. principale ↑ prop. subordonnée

5. Je délimite les propositions indépendantes.

Ex. : « [Viens], [je voudrais] [**que** tu m'aides]. »

↑ prop. indép./ ↑ prop. princip./ ↑ prop. sub.

Testez-vous !

Corrigés p

A. Comment appelle-t-on deux propositions qui se suivent sans être reliées ?
B. Quelles sont les trois grandes catégories de propositions ?
C. Combien une proposition contient-elle de verbes conjugués ?
D. À quoi reconnaît-on une proposition subordonnée ?

La proposition subordonnée relative

Fiche 24

La proposition subordonnée relative est introduite par un pronom relatif. Elle appartient au groupe nominal* : elle est, comme l'adjectif qualificatif ou le complément du nom, une expansion du nom* (**voir fiche 13**). Elle peut être supprimée mais pas déplacée.

1 Les pronoms relatifs

A. Le double rôle du pronom relatif

■ Pronom : il remplace un mot ou une expression ; ce mot s'appelle son antécédent.

Ex. : « Molière est un auteur qui jouait ses propres pièces. »
L'antécédent du pronom « qui » est « auteur ».

■ Relatif : il relie la proposition subordonnée relative à son antécédent.
Dans l'exemple précédent, le pronom relatif « qui » relie la subordonnée relative « qui jouait ses propres pièces » à l'antécédent « auteur ».

B. Les différents pronoms relatifs

On distingue deux sortes de pronoms relatifs.

■ Pronoms relatifs simples : « *qui, que, quoi, dont, où* ».

■ Pronoms relatifs composés : « *lequel, duquel, à laquelle, par lesquels* », etc.

2 Les deux sortes de subordonnées relatives

A. La subordonnée relative déterminative

Elle contribue à définir le sens de l'antécédent auquel elle se rapporte.

Ex. : « La dernière pièce [qu'a jouée Molière] est *Le Malade imaginaire*. »

Remarque
La subordonnée relative déterminative n'est pas détachée par une virgule.

B. La subordonnée relative explicative

Elle n'est pas essentielle ; elle apporte simplement une précision supplémentaire concernant l'antécédent ; elle est détachée.

Ex. : « Dans *Le Malade imaginaire*, Argan, [qui est joué par Molière], veut marier sa fille à un médecin. »
Dans cet exemple, on peut supprimer la proposition subordonnée relative et conserver un sens à la phrase.

3 La fonction de la subordonnée relative

A. La relative avec antécédent

Dans la plupart des cas, le pronom relatif a un antécédent. La fonction de la subordonnée relative est « complément de l'antécédent... ».

Ex. : « C'est la comédie [que je préfère]. »
La fonction de la subordonnée relative « que je préfère » est : complément de l'antécédent « comédie ».

B. La relative sans antécédent (cas rare)

Quelquefois, le pronom relatif n'a pas d'antécédent. On rencontre cette possibilité dans les tournures de forme proverbiale.

Ex. : « [Qui dort] dîne. » (« Qui est-ce qui dîne ? »)
La fonction de la subordonnée relative « Qui dort » est : sujet du verbe « dîner ».

Dans un texte, ces constructions proverbiales indiquent une volonté de généraliser et signalent souvent, comme dans la fable, une intention didactique*.

C. Les confusions à éviter

La fonction de la subordonnée relative dépend toujours d'un mot de la proposition principale ; le plus souvent, elle est « complément de l'antécédent ».
La fonction de l'antécédent dépend aussi d'un mot de la proposition principale, alors que la fonction du pronom se définit par rapport à un mot de la subordonnée.

Attention !
On évitera de confondr fonction de la subordo relative, la fonction du nom relatif et la fonctio l'antécédent du pronom.

Ex. : « La comédie [que je préfère] est *Le Malade imaginaire.* »
– Fonction de la subordonnée relative « que je préfère » : complément de l'antécédent « comédie ».
– Fonction du pronom « que » : COD du verbe « préférer ».
– Fonction de l'antécédent « comédie » : sujet du verbe « être ».

Testez-vous !

Corrigés p

A. Quels sont les pronoms relatifs simples ?
B. À quoi se reconnaît le plus souvent une subordonnée relative ?
C. Quelle est, le plus souvent, la fonction d'une subordonnée relative ?

Les propositions subordonnées conjonctive et interrogative

Fiche 25

1 La proposition subordonnée conjonctive

A. La subordonnée conjonctive complétive

La subordonnée conjonctive complétive est introduite par la conjonction de subordination* « que ». Elle ne peut pas être supprimée.

Attention : une subordonnée introduite par « que » peut être relative, conjonctive ou interrogative indirecte.

Ex. : « C'est la chanson [que je préfère]. »
↑ prop. sub. relative

« Je voudrais [que tu me fasses écouter cette chanson]. »
↑ prop. sub. conjonctive complétive

« Je me demande [ce que tu fais]. »
↑ prop. sub. interrogative

B. La proposition subordonnée conjonctive circonstancielle

Elle est introduite par une conjonction de subordination (sauf par « que ») : *quand, puisque, parce que, si bien que, de telle sorte que*, etc.

Elle peut exprimer des circonstances variées. Elle peut être supprimée et déplacée.

- Subordonnée circonstancielle de temps.

Ex. : « Viens [quand tu en auras envie]. »

- Subordonnée circonstancielle de cause.

Ex. : « [Puisque tu es d'accord], allons-y. »

- Subordonnée circonstancielle de conséquence.

Ex. : « Il est si content [qu'il danse de joie]. »

- Subordonnée circonstancielle de but.

Ex. : « Préviens-le vite, [afin qu'il puisse venir]. »

- Subordonnée circonstancielle de crainte.

Ex. : « Nous partirons tôt [de peur qu'il y ait des embouteillages]. »

- Subordonnée circonstancielle d'opposition.

Ex. : « Il est content de lui, [même s'il a tort]. »

- Subordonnée circonstancielle hypothétique.

Ex. : [Si tu as confiance en toi], tu réussiras.

Selon le verbe de la proposition principale et selon la conjonction de coordination*, le verbe de la proposition subordonnée se met au mode indicatif ou au mode subjonctif. Le subjonctif exprime une action dont la réalisation n'est pas certaine.

> **Attention !**
> « Malgré que » n'est correct, il faut utilise écrire « bien que ».

Certaines conjonctions de subordination (*bien que, de peur que, pour que, afin que,* etc.) sont toujours suivies du subjonctif.

Ex. : « Je vous écoute [bien que je ne sois pas d'accord.]. »
↑
subjonctif

2 La proposition subordonnée interrogative indirecte

A. Définition

Une phrase interrogative en discours direct* devient, en discours indirect*, une proposition subordonnée interrogative.

La proposition subordonnée interrogative indirecte ne peut pas être supprimée.

> **Attention !**
> La subordonnée interroga indirecte ne s'achève pas un point d'interrogation.

Ex. : « Je me demande [si elle pourra venir avec nous]. »
Elle est introduite par un pronom interrogatif (*qui, que, quoi, lequel*, etc.) ou par un adverbe interrogatif (*comment, pourquoi, où,* etc.).

B. Confusion à éviter

Pour éviter de confondre les propositions subordonnées interrogatives et relatives, on examinera le mot subordonnant. Dans la plupart des cas (sauf tournure proverbiale : **voir fiche 24**), le pronom relatif a un antécédent alors que le pronom interrogatif n'en a pas.

Ex. : « C'est Marie [qui a téléphoné]. »
→ « qui » a un antécédent (« Marie »), c'est donc un pronom relatif et la subordonnée « qui a téléphoné » est relative.
« Je ne sais pas [qui a téléphoné]. »
→ « qui » n'a pas d'antécédent, ce n'est donc pas un pronom relatif mais un pronom interrogatif ; la subordonnée « qui a téléphoné » est interrogative.

Testez-vous !

Corrigés p.

A. Quels sont les pronoms interrogatifs simples ?

B. Comment peut-on faire, le plus souvent, la différence entre un pronom inte rogatif et un pronom relatif ?

C. La subordonnée conjonctive complétive peut-elle être supprimée ?

D. Quelle est la fonction d'une proposition subordonnée conjoncti circonstancielle ?

Le présent et le futur de l'indicatif

Fiche 26

1 La conjugaison du présent

Le présent de l'indicatif présente de nombreux modèles de conjugaison et quelques difficultés (verbes en *-ier*, *-yer*, *-indre* et *-soudre*).

A. Les verbes du 1er groupe (en *-er* sauf *aller*)

Au présent de l'indicatif, les verbes du premier groupe ont tous les mêmes terminaisons : *je parl**e**, tu parl**es**, il parl**e**, nous parl**ons**, vous parl**ez**, ils parl**ent***.
Parfois, au singulier, le -e final est muet : c'est le cas des verbes en *-ier* et en *-yer*.
– Verbes en *-ier* : *je cri**e**, tu cri**es**, il cri**e***, etc.
– Verbes en *-yer* : le *y* se transforme en *i* devant un e muet (*j'essu**i**e, nous essu**y**ons, j'envo**i**e, nous envo**y**ons, je pa**i**e, nous pa**y**ons*). Les verbes en *-ayer* peuvent se conjuguer de deux manières au singulier : *je pa**i**e* ou *je pa**y**e*.

B. Les verbes du 2e groupe (en *-ir* et *-issons*)

Au présent de l'indicatif, les verbes du deuxième groupe ont tous les mêmes terminaisons : *je fini**s**, tu fini**s**, il fini**t**, nous fini**ssons**, vous fini**ssez**, ils fini**ssent***.

C. Les verbes du 3e groupe (autres verbes)

On rencontre quatre modèles de conjugaison.

Conjugaisons			
en *-s, -s, -t*	**en *-ds, -ds, -d*(1)**	**en *-x, -x, -t*(2)**	**en *-e, -es, -e***
je crains tu crains il craint, etc.	je prends tu prends il prend, etc.	je veux tu veux il veut, etc.	je cueille tu cueilles il cueille, etc.

(1) Verbes en *-dre* sauf ceux en *-indre (-aindre, -eindre, -oindre)* et *-soudre*.
(2) Verbes « pouvoir », « vouloir » et « valoir ».

Ex. : *je couds* (coudre), *je résous* (résoudre), *je tiens* (tenir), *j'éteins* (éteindre), *j'entends* (entendre).

Attention aux verbes « faire » et « dire » : *vous faites, vous dites.*

2 La conjugaison du futur

Si l'on excepte quelques verbes irréguliers (*savoir, faire, venir, envoyer*, etc.), le futur se forme toujours en ajoutant à l'infinitif les terminaisons ***-ai, -as, -a, -ons, -ez, -ont***.

> **Attention !**
> Ne pas confondre le futu l'indicatif et le présent conditionnel (**voir fiche**

3 Les valeurs (emplois) du présent

A. La valeur première du présent

La valeur première du présent est d'exprimer une action qui se produit au moment où l'on parle : c'est le présent de l'énonciation*.

B. Les autres valeurs du présent

■ Le présent peut également exprimer une action qui se répète. C'est le présent d'habitude.

Ex. : « Chaque matin, je me bouche les oreilles quand mon réveil sonne. »

■ Le présent sert aussi à exprimer une action qui vient de se produire ou qui aura lieu très prochainement. Le présent a alors une valeur de passé proche ou de futur imminent.

Ex. : « Il revient dans cinq minutes. »

■ Le présent est utilisé pour énoncer une vérité générale.

Ex. : « Le Soleil est une étoile. »

■ Pour rendre proche du lecteur une action passée, on peut recourir au présent : c'est le présent de narration.

Ex. : « Le chevalier se dresse sur sa monture. »

■ Le présent peut aussi exprimer un ordre.

Ex. : « Tu viens tout de suite ! »

4 Les valeurs (emplois) du futur

La valeur première du futur est d'exprimer une action qui va se produire. Cette action est présentée comme certaine car la certitude est la valeur commune à tous les temps du mode indicatif.

Le futur peut aussi exprimer un ordre.

Ex. : « Tu viendras me voir sans faute à dix heures. »

Testez-vous !

Corrigés p.

A. Mettez le verbe « résoudre » au présent de l'indicatif, à la première personn du singulier.

B. Mettez le verbe « appuyer » au futur de l'indicatif, à la première personne d singulier.

C. Qu'est-ce que le présent de l'énonciation ?

D. Quelles sont les valeurs du futur ?

L'imparfait et le passé simple de l'indicatif

Fiche 27

L'imparfait et le passé simple sont les deux principaux temps utilisés dans le récit écrit au passé.
Pour rédiger correctement un récit, il est important de bien connaître la conjugaison et les valeurs de ces temps.

1 Conjugaison

A. L'imparfait

Quel que soit le groupe auquel appartient le verbe, à l'imparfait, les terminaisons sont toujours les suivantes : ***-ais, -ais, -ait, -ions, -iez, -aient***.
Mais certains verbes présentent quelques particularités.
– Verbes en ***-ier*** : *je criais, tu criais, il criait, nous cri**i**ons, vous cri**i**ez, ils criaient.*
Le *-i* de la terminaison vient s'ajouter au *-i* du radical*.
– Verbes en ***-yer*** : *nous essu**yi**ons, vous essu**yi**ez.*

B. Le passé simple

■ Les auxiliaires
Avoir : *j'eus, tu eus, il eut, nous eûmes, vous eûtes, ils eurent.*
Être : *je fus, tu fus, il fut, nous fûmes, vous fûtes, ils furent.*

■ Les verbes en *-er*
Ex. : *je parlai, tu parlas, il parla, nous parlâmes, vous parlâtes, ils parlèrent.*

Les verbes en *-er* (1er groupe + *aller*) suivent tous ce modèle : la voyelle *-a* domine mais il ne faut pas oublier que la 1re personne se termine par *-ai*.

■ Les autres verbes (2e et 3e groupes)
Les verbes qui ne se terminent pas en *-er* ne se conjuguent jamais comme *parler* ; on rencontre trois modèles qui se ressemblent : *-s, -s, -t* au singulier et *-^mes, -^tes, -rent* au pluriel
On remarquera qu'il n'y a jamais d'accent circonflexe à la troisième personne du singulier du passé simple.

Conjugaisons		
en -*i*	**en -*u***	**en -*in*[(1)]**
je pris nous prî**mes** tu pris vous prî**tes** il pri**t** ils pri**rent**	je cru**s** nous crû**mes** tu cru**s** vous crû**tes** il cru**t** ils cru**rent**	je vin**s** nous vîn**mes** tu vin**s** vous vîn**tes** il vin**t** ils vin**rent**

(1) Verbes *venir, tenir* et leurs composés (*convenir, retenir,* etc.).

2 L'imparfait et le passé simple : deux temps complémentaires

A. Les valeurs (emplois) de l'imparfait

■ L'imparfait exprime une action passée **non limitée dans le temps** : on ne sait pas quand l'action a commencé ni quand elle va se terminer.

Ex. : « Il pleuvait. » On ne sait pas depuis combien de temps il pleut ni combien de temps il va pleuvoir encore.

■ L'imparfait peut exprimer aussi une action qui se répète. C'est l'**imparfait d'habitude**.

Ex. : « Chaque année, il allait au bord de la mer. »

■ L'imparfait est, dans un texte au passé, le temps privilégié de la **description**.

■ Dans un récit, l'imparfait peut être utilisé pour exprimer des actions qui s'effectuent en arrière-plan d'actions principales rapportées au passé simple.

Ex. : « Je dormais profondément lorsqu'il entra. »
dormais ↑ imparfait — entra ↑ passé simple

> **Notion-clé**
> Le passé simple de l'indi[…] est le temps principal [du] récit, il est parfois remp[lacé] par le présent de narra[tion] (**voir fiche 26**).

B. Les valeurs du passé simple

■ Au contraire de l'imparfait, le passé simple exprime une action **limitée dans le temps**. Il convient aux événements et aux actions qui s'enchaînent.

Ex. : « Soudain, il se retourna et aperçut le détective. »

Testez-vous !

Corrigés p.

A. Mettez au passé simple le verbe « lacer » à la première personne du singulie[r].

B. Mettez au passé simple le verbe « venir » à la première personne du plurie[l].

C. Mettez à l'imparfait le verbe « parier » à la deuxième personne du pluriel.

D. Quelle est la principale valeur de l'imparfait ?

Les temps composés de l'indicatif

Fiche **28**

1 Conjugaison

A. Formation des temps composés

Dans les différents modes, chaque temps simple sert à former un temps composé. L'auxiliaire (*être* ou *avoir*) se met au temps simple et on ajoute le participe passé.

Ex. : l'imparfait sert à former le plus-que-parfait.

	Imparfait		Plus-que-parfait
Mode indicatif	j'avais	→	j'avais parlé
Mode subjonctif	que j'eusse	→	que j'eusse parlé

B. Confusions à éviter

Le passif se forme avec l'auxiliaire *être* : on évitera donc de confondre actif et passif lorsque l'auxiliaire *être* est employé (**voir fiche 31**).

Ex. : « j'étais allé(e) » : plus-que-parfait à l'actif (mode indicatif).
« j'étais suivi(e) » : imparfait au passif (mode indicatif).

C. Les quatre temps composés de l'indicatif

- Le passé composé : l'auxiliaire est au présent.

Ex. : *j'ai parlé, je suis allé(e).*

- Le plus-que-parfait : l'auxiliaire est à l'imparfait.

Ex. : *j'avais parlé, j'étais allé(e).*

- Le passé antérieur : l'auxiliaire est au passé simple.

Ex. : *j'eus parlé, je fus allé(e).*

- Le futur antérieur : l'auxiliaire est au futur simple.

Ex. : *j'aurai parlé, je serai allé(e).*

2 L'aspect verbal

- Les temps simples expriment un aspect inaccompli alors que les temps composés expriment un aspect accompli.

Ex. : *Je regardais le mur.*
L'action est inaccomplie (inachevée).
J'ai regardé le mur.
L'action est accomplie (achevée).

Notion-clé
L'aspect verbal concerne la façon dont sont envisagées les actions exprimées par le verbe.

■ Certains verbes permettent d'exprimer d'autres aspects.

– *commencer* : l'action est prise à son début.

Ex. : *Je commence à comprendre.*

– *finir* : l'action est présentée comme sur le point d'être achevée.

Ex. : *Je finis de ranger.*

3 Les valeurs des temps composés

La valeur de chaque temps composé se définit par rapport au temps simple correspondant.

A. Le passé composé

Le passé composé exprime une action en lien avec le présent de l'énonciation ; elle est antérieure au présent. C'est pour cette raison que le passé composé, à la différence du passé simple qui est coupé de l'énonciation*, est utilisé pour les récits oraux.

Ex. : « Hier je suis allé(e) à la piscine. »

B. Le plus-que-parfait et le passé antérieur

Le plus-que-parfait et le passé antérieur expriment une action antérieure à une autre action passée.

Ex. : « Il avait éteint les lumières quand le téléphone sonna. »

« Quand il eut éteint les lumières, le téléphone sonna. »

C. Le futur antérieur

Le futur antérieur exprime une action antérieure à une action évoquée au futur.

Ex. : « Je te téléphonerai dès que j'aurai fini mes devoirs. »

On évitera de confondre le futur antérieur et le passé du conditionnel **(voir fiche 29)**

Ex. : « J'aurais fini mes devoirs si tu ne m'avais pas téléphoné ! »

Testez-vous !

Corrigés p.

A. À quel temps est la forme verbale « il fut entré » ?

B. À quel temps est la forme verbale « il est encouragé » ?

C. À quel temps est la forme verbale « il aura compris » ?

D. Quelle est la valeur du plus-que-parfait ?

Le conditionnel et l'impératif

Fiche 29

1 La conjugaison du conditionnel

A. Le présent du conditionnel

Le présent du conditionnel ressemble beaucoup au futur ; il joue souvent d'ailleurs un rôle de futur dans le passé. Comme le futur simple, le présent du conditionnel se construit à partir de l'infinitif du verbe. On y ajoute les terminaisons : ***-ais, -ais, -ait, -ions, -iez, -aient***.

Ex. : *je finirais, tu finirais, il finirait, nous finirions, vous finiriez, ils finiraient.*

Comme pour le futur (**voir fiche 26**), veillez à orthographier correctement les verbes en *-ier* et en *-yer*.

Ex. : *je parierais, j'essayerais ou j'essaierais.*

B. Le passé du conditionnel

Il est formé de l'auxiliaire au présent du conditionnel et du participe passé du verbe.

Ex. : *j'aurais décidé, je serais venu(e).*

C. Le passé deuxième forme du conditionnel

Le passé deuxième forme est formé de l'auxiliaire à l'imparfait du subjonctif et du participe passé du verbe.

Ex. : *j'eusse décidé, je fusse venu(e).*

Sa forme est identique à celle du plus-que-parfait du subjonctif ; seules les utilisations diffèrent. Le passé deuxième forme du conditionnel peut toujours être remplacé par un passé première forme.

> **Remarque**
> Le programme considère le « mode conditionnel » mais on rencontre parfois des tableaux de conjugaison qui l'incluent dans l'indicatif.

Ex. : « Si je m'étais entraîné(e) davantage, j'eusse réussi. »
↑ passé 2e forme du conditionnel

« Si je m'étais entraîné(e) davantage, j'aurais réussi. »
↑ passé du conditionnel

2 L'emploi du conditionnel

A. Le futur dans le passé (valeur temporelle)

Le présent du conditionnel peut jouer un rôle de futur dans le passé.

Ex. : Récit au présent : « Il pense qu'il réussira. »
↑ présent ind. ↑ futur ind.

Récit au passé : « Il pensait qu'il réussirait. »
↑ imparfait ind. ↑ présent du condit.

B. L'expression d'une action hypothétique (valeur modale)

■ Le présent du conditionnel exprime une action qui peut éventuellement se réaliser dans le futur.

Ex. : « Si tu l'accompagnais, elle viendrait. »

■ Le passé du conditionnel peut exprimer une action qui ne se réalise pas car la condition posée n'est pas remplie.

Ex. : « Si j'avais su voler, je serais allé(e) dans les nuages. »

C. Le conditionnel de politesse (valeur modale)

Le conditionnel de politesse est souvent employé pour atténuer une demande.

Ex. : « Je voudrais un renseignement, s'il vous plaît. »

3 L'impératif

Le présent de l'impératif est généralement proche du présent de l'indicatif. L'impératif ne connaît que trois personnes (deuxième du singulier, première et deuxième du pluriel).

Attention : lorsque le verbe se termine en -e, et pour « aller », la deuxième personne du singulier ne prend pas de -*s*.

Ex. : *viens, prends / marche, offre, sache, va.*

Notion-clé
L'impératif exprime ordre, une interdiction ou conseil.

Testez-vous !

Corrigés p.

A. Que peut exprimer le mode impératif ?

B. « Écoutes bien ! » ou « Écoute bien ! » ? Dites quelle est la forme correcte.

C. Au présent du conditionnel, la forme correcte est-elle : « nous le saurions » ou « nous le savions » ?

D. Quelles sont les valeurs du conditionnel ?

Le subjonctif

Fiche 30

1 La conjugaison du subjonctif

Le subjonctif est un mode essentiellement utilisé dans les propositions subordonnées. C'est pourquoi l'usage est de le conjuguer précédé de la conjonction de subordination* « que » (« que je dise »).

A. Le présent du subjonctif

Pour trouver la conjugaison d'un verbe au présent du subjonctif, il suffit bien souvent de faire précéder ce verbe de l'expression « il faut que ».

Ex. : pour conjuguer le verbe « venir », je dis « il faut que je vienne » et j'applique ensuite les règles concernant les terminaisons.

- Avoir : *que j'a**ie**, que tu a**ies**, qu'il ai**t**, que nous ayons, que vous ayez, qu'ils aient.*
- Être : *que je sois, que tu sois, qu'il soit, que nous soyons, que vous soyez, qu'ils soient.*
- Les autres verbes : quel que soit le groupe auquel appartient un verbe, ses terminaisons au présent du subjonctif sont toujours : ***-e, -es, -e, -ions, -iez, -ent***.

Ex. : *que je sache, que tu saches, qu'il sache, etc.*

B. L'imparfait du subjonctif

- Avoir : *que j'eusse, que tu eusses, qu'il eût, que nous eussions, que vous eussiez, qu'ils eussent.*
- Être : *que je fusse, que tu fusses, qu'il fût, que nous fussions, que vous fussiez, qu'ils fussent.*
- Les autres verbes : les terminaisons sont formées de la voyelle du passé simple du verbe (*a, i, u, in*) suivies de ***-sse, -sses, -^t, -ssions, -ssiez, -ssent***.

Ex. : le passé simple de « prendre » est « je pris » ; l'imparfait du subjonctif est « que je prisse, que tu prisses », etc.

C. Les temps composés du subjonctif

- Le passé du subjonctif est formé de l'auxiliaire au présent du subjonctif et du participe passé du verbe.

Ex. : *que j'aie parlé, que je sois venu(e).*

- Le plus-que-parfait du subjonctif est formé de l'auxiliaire à l'imparfait du subjonctif et du participe passé du verbe.

Ex. : *que j'eusse parlé, que je fusse venu(e).*

2 L'emploi du subjonctif

A. Les valeurs du subjonctif

■ Le subjonctif exprime une action incertaine car dépendante de l'action exprimée dans la principale. On le trouve principalement après des verbes de volonté.

Ex. : « Je voudrais que tu me dises la vérité. »
L'action de « dire la vérité » n'est pas certaine car ce n'est pas parce que je le veux qu'elle va effectivement se réaliser.

■ Lorsque l'on rencontre le subjonctif dans une proposition subordonnée relative, c'est que l'action exprimée n'est pas certaine, à la différence d'une action exprimée à l'indicatif.

Ex. : « J'aime les maisons qui ont vue sur la mer. »
La subordonnée relative est à l'indicatif car les maisons dont il est question existent bel et bien.
« Je voudrais une maison qui ait vue sur la mer. »
La relative est au subjonctif car l'action n'est pas certaine.

■ Le subjonctif peut servir à exprimer un ordre, notamment aux personnes qui n'existent pas à l'impératif.

Ex. : « Qu'il vienne me voir immédiatement ! »

Remarque
Aujourd'hui, l'imparfait subjonctif est peu usi l'usage tolère qu'on remplace par un présen subjonctif.

B. La concordance des temps

■ Lorsque le verbe de la proposition principale est au présent, le verbe de la subordonnée l'est aussi.

Ex. : « J'aimerais beaucoup que tu me rendes ce service. »
J'aimerais ↑ présent du condit. — rendes ↑ présent du subjonctif

■ Lorsque le verbe de la principale est au passé, la règle de la concordance des temps demande que le verbe de la subordonnée le soit aussi. Mais la concordance ne se fait plus en langage courant.

Ex. : « J'aurais aimé que tu me rendisses (rendes) ce service. »
J'aurais aimé ↑ passé du condit. — rendisses ↑ imparfait du subjonctif

Testez-vous !

Corrigés p

A. Mettez le verbe « avoir » au présent du subjonctif, à la troisième personne singulier.

B. Mettez le verbe « voir » au présent du subjonctif, à la première personne singulier.

C. Combien de temps le mode subjonctif comprend-il ?

D. Quelle est la valeur du subjonctif dans la phrase : « Qu'elle se dépêche ! »

Le passif et le complément d'agent

Fiche 31

Seuls les verbes transitifs directs, c'est-à-dire ceux qui ont un COD, peuvent se mettre à la voix passive*.

1 L'actif et le passif

A. L'actif

À la voix active*, le **sujet du verbe est actif** : c'est lui qui effectue l'action exprimée par le verbe.

Ex. : « Le jardinier ramasse les feuilles. » « Le jardinier » est un sujet actif.

B. Le passif

À la voix active, le **sujet du verbe est passif** : il subit l'action et c'est le **complément d'agent** qui effectue l'action.

Ex. : « Les feuilles sont ramassées par le jardinier. »
« Les feuilles » sont passives ; c'est « le jardinier » (le complément d'agent) qui est actif.

Lorsque l'on remarque plusieurs constructions passives dans un passage, on en déduit aisément que le personnage-sujet est passif, qu'il est incapable d'agir pour une raison qui reste à déterminer à la lecture du texte.

C. La transformation passive

On appelle transformation passive le passage d'une construction active à une construction passive.
Dans la transformation passive, le sujet à l'actif devient complément d'agent, et le COD* devient sujet.

Ex. : Voix active :
« Le jardinier ramasse les feuilles. »
↑ sujet ↑ verbe au présent ↑ COD

Voix passive :
« Les feuilles sont ramassées par le jardinier. »
↑ sujet ↑ verbe au présent ↑ complément d'agent

Attention !
Dans une phrase passive, ne pas oublier d'accorder le participe passé avec le sujet (**voir fiche 37**).

2 La conjugaison passive

À la voix passive, les verbes se conjuguent avec l'auxiliaire *être*. À chaque forme active correspond une forme passive (**voir tableaux de conjugaison pages 115-122**).

Ex. : Présent actif : « je porte ».
Présent passif : « je suis porté ».

A. L'identification du passif

Une construction est passive si on peut lui ajouter « par quelqu'un », c'est-à-dire un complément d'agent.

Ex. : « Elle est allée… par quelqu'un. »
→ C'est impossible : le verbe est à l'actif.
« Elle est récompensée… par quelqu'un. »
→ C'est possible : le verbe est au passif.

B. L'identification d'un temps passif

Pour identifier un temps au passif, il suffit de déterminer le temps de l'auxiliaire *être*.

Ex. : « Il a été félicité. » (passé composé passif)
« Il sera félicité. » (futur passif)

3 Le complément d'agent

Le complément d'agent est introduit par la préposition* *par* ou par la préposition *de*.

Ex. : « Il est apprécié par tous ; il est apprécié de tous. »

Parfois le verbe au passif n'est pas suivi d'un complément d'agent car l'auteur de l'action n'est pas nettement identifié. Dans ce cas, lorsque l'on met la phrase à l'actif, le sujet est le pronom personnel indéfini *on*.

Ex. : Passif : « Elle a été récompensée. »
Actif : « On l'a récompensée. »

Testez-vous !

Corrigés

A. Dites si une construction passive contient toujours un complément d'agen
B. Quelles sont les prépositions qui peuvent introduire un complément d'agen
C. À quel temps est conjugué ce verbe : « il eut été entendu » ?
D. Écrivez la phrase suivante à l'actif : « Ce problème sera résolu. »

L'orthographe

Fiche 32

Pour être lu(e) par les autres, il est important de bien savoir orthographier les mots et d'appliquer les règles de grammaire.
On distingue l'orthographe grammaticale de l'orthographe d'usage.

Notion-clé
L'orthographe, comme la ponctuation et la rédaction correcte des phrases, est un élément qui contribue à la bonne lisibilité d'un texte.

1 L'orthographe d'usage : comment progresser

L'orthographe d'usage concerne le vocabulaire. Bien souvent, aucune règle n'explique l'orthographe de tel ou tel mot.
La plupart du temps, un terme s'écrit de telle manière plutôt que de telle autre pour des raisons historiques (l'étymologie d'un mot).

A. Quelques repères essentiels

- Le c est dur [k] devant *a*, *o* et *u*. Devant ces trois voyelles, il faut ajouter une cédille pour obtenir le son [s].

Ex. : cadeau, il plaça, une leçon, il reçut.

- Le g est dur devant *a*, *o* et *u*. Pour obtenir le son [ʒ] devant ces voyelles, il faut ajouter un *e*. Pour obtenir le son [g] dur devant *e* et *i*, on ajoute un *u*.

Ex. : un gâteau, il mangea, il mange, une mangue.

- Devant *m*, *b* et *p*, le *n* se transforme en *m*.

Ex. : emmener, un embouteillage, une ampoule.

- La plupart des mots commençant par le son [ap] (sauf, notamment, le verbe « apercevoir ») prennent deux *p*.

Ex. : apporter, appartenir.

- Les mots de la même famille présentent souvent des points communs.

Ex. : habit (habiller, déshabiller) ; un rang (ranger) ; un tas (tasser).

B. Comment progresser

Pour améliorer son orthographe, l'utilisation d'un répertoire est une bonne solution : on note ainsi les mots sur lesquels on a commis des erreurs et on les consulte régulièrement. Lorsque l'on hésite quant à l'orthographe d'un terme, on peut aussi prendre l'habitude de se référer aux mots de la même famille.

Ex. : hydravion, déshydrater, hydratation. On retrouve dans ces mots le même radical « hydra » qui signifie « eau ».

2 L'orthographe grammaticale : comment progresser

A. Les sources d'erreur

L'orthographe grammaticale a trait à l'application des règles de grammaire et principalement des règles d'accord : accord du verbe avec son sujet, de l'adjectif avec le nom, etc. (**voir fiches 36 et 37**). La conjugaison des verbes en fait également partie (**voir fiches 35 et 26 à 31**).

Bien souvent, les erreurs reposent sur des confusions : confusion entre les homophones* grammaticaux (**voir fiche 33**), confusion entre le passé simple et l'imparfait de l'indicatif ou entre le futur simple et le conditionnel (**voir fiches 34 et 35**).

B. Comment progresser

■ Une bonne connaissance des règles de grammaire est nécessaire. Mais cela ne suffit pas : il faut être très vigilant au moment où l'on écrit son texte et surtout lors de sa relecture.

Si l'on a commis des erreurs, on doit prêter attention à la correction afin de revoir ainsi les règles et leur application.

■ Une relecture efficace consiste en une véritable chasse active aux fautes. Par exemple, on peut relire une première fois en ne portant son attention que sur les verbes, leur conjugaison et leur accord. Une seconde relecture portera sur les homophones grammaticaux ou sur les adjectifs et déterminants.

En se fixant des objectifs précis, on évite une relecture dispersée et inefficace. De toute manière, les progrès en orthographe passent par une attention constante.

Testez-vous !

Corrigés p

A. Qu'est-ce que l'orthographe grammaticale ?

B. Confondre « ou » et « où » relève-t-il de l'orthographe d'usage ?

C. Trouvez un mot de la famille de « honorer » qui ait la même première lett

D. Devant quelles voyelles le « c » peut-il prendre une cédille ?

E. Devant quelles voyelles le « g » peut-il être suivi d'un « u » ?

Les homophones grammaticaux

Fiche 33

1 Méthode

On appelle « homophones grammaticaux » des mots qui se prononcent de la même façon mais qui n'ont pas la même classe grammaticale et qui s'écrivent différemment.

Lorsque l'on relit un texte que l'on vient d'écrire, il est important de consacrer une des relectures à la vérification de l'orthographe de ces différents mots.

Conseil
En connaissant bien les homophones grammaticaux et en étant vigilant, on évite de nombreuses erreurs.

2 Les principaux homophones grammaticaux

- *a* (verbe « avoir » : « avait ») et *à* (préposition).

Ex. : « Il a appris à lire très tôt. »

- *ou* (conjonction de coordination : « ou bien ») et *où* (pronom relatif ou interrogatif).

Ex. : « Où est-il allé ? À la piscine ou à la patinoire ? »

- *et* (conjonction de coordination) et *est* (verbe « être »).

Ex. : « Il est entré et il est ressorti aussitôt. »

- *ni* (conjonction de coordination double : « ni… ni ») et *n'y* (« ne » + « y », toujours devant un verbe).

Ex. : « Il n'y avait ni Julie ni Stéphanie. »

- *si* (condition, intensité) et *s'y* (« se » + « y », toujours devant un verbe).

Ex. : « Si le temps le permet, il s'y préparera. »

- *sans* (préposition, contraire de « avec ») et *s'en* (« se » + « en »).

Ex. : « Il est parti sans ses chaussures ; il ne s'en est pas aperçu tout de suite. »

- *s'en* et *c'en* (pronom démonstratif + pronom personnel).

Ex. : « Il s'en moque. C'en est fait de nos projets. »

- *ces* (déterminant démonstratif, pluriel de « ce ») et *ses* (déterminant possessif, pluriel de *son, sa*).

Ex. : « Je vais offrir ces fleurs à ses parents. »

■ *mais* (conjonction de coordination à valeur d'opposition), *mes* (déterminant possessif) et *mets, met* (verbe « mettre »).

Ex. : « Je mets du temps pour faire mes exercices, mais les réponses sont justes. »

■ *ce* (pronom ou déterminant démonstratif), *se* (pronom personnel, toujours devant un verbe) et *ceux* (pronom démonstratif, pluriel de « celui »). On peut rencontrer *ce* (pronom démonstratif) devant le verbe « être ».

Ex. : « Écoutez ce conseil : ceux qui se seront entraînés réussiront. »
« Ce sera Guillaume votre moniteur. »
« C'est ce qui compte. »

■ *c'est* (présentatif ; on peut le mettre au pluriel : « ce sont »), *s'est* (devant un participe passé), *sais* et *sait* (verbe « savoir »).

Ex. : « Tu sais bien que c'est Marie qui s'est la mieux préparée. »
« Elle sait son texte par cœur. »

■ *quand* (conjonction de subordination à valeur temporelle), *quant* (« quant à, quant au », etc.) et *qu'en* (« que » + « en »).

Ex. : « Quant à Étienne, je ne sais pas quand il pourra venir ; qu'en pensez-vous ? »

■ *on* (pronom personnel), *on n'* (pronom personnel suivi de la négation) et *ont* (verbe « avoir).

Ex. : « On a parlé et on n'a pas vu le temps passer. » « Elles ont gagné. »

■ *quel, quelle, quels, quelles* (déterminants interrogatifs ou exclamatifs) et *qu'elle, qu'elles* (« que » + « elle », « que » + « elles » : peut se remplacer par « qu'il(s) »).

Ex. : « Quel dommage qu'elles n'aient pas pu venir ! »
« Quel mauvais temps ! Est-ce qu'elle peut venir ? »
« Quels que soient ses projets, nous l'écouterons. »
« Tes suggestions, quelles qu'elles soient, sont les bienvenues. »

Testez-vous !

Corrigés p.

A. Expliquez ce que sont des « homophones ».

B. Parmi les deux termes dans la parenthèse, choisissez la forme correcte « Je ne pense pas (qu'elle / quelle) pourra nous aider. »

C. Choisissez la forme correcte : « (Quand / Quant) à mes frères, ils ne son jamais d'accord avec moi. »

D. Choisissez la forme correcte : « (Ceux / Se / Ce) sont eux les meilleurs. »

Les temps à ne pas confondre

Fiche 34

Certaines formes verbales se prononcent de façon identique ou très voisine.
Pour ne pas faire d'erreur, il est nécessaire de bien connaître les difficultés que l'on peut rencontrer et de bien maîtriser la conjugaison des verbes aux temps concernés.

1 L'imparfait et le passé simple de l'indicatif : *-ais* ou *-ai*

À la première personne du singulier, pour le premier groupe, le passé simple (*-ai*) et l'imparfait (*-ais*) se ressemblent.
L'imparfait exprime une action non limitée dans le temps alors que le passé simple exprime, lui, une action limitée.
La confusion n'étant possible qu'à la première personne du singulier, on peut saisir la différence en transposant la phrase à la troisième personne du singulier.

Remarque
La confusion n'est possible que pour les verbes en *-er* ; en effet, le passé simple des autres verbes ne se termine jamais par *-ai* (**voir fiche 27**).

***Ex.* :** « Je [jardinais ? / jardinai ?] comme tous les matins, quand je [constatais ? / constatai ?] qu'un inconnu me regardait. »
Pour bien orthographier les deux verbes du premier groupe à la première personne du singulier, je réécris la phrase à la troisième personne du singulier :
« Il jardinait comme tous les matins, quand il constata qu'un inconnu le regardait. »
Le premier verbe est donc à l'imparfait et le second au passé simple.
→ « Je jardinais comme tous les matins, quand je constatai qu'un inconnu me regardait. »

2 Le futur et le présent du conditionnel : *-rai* ou *-rais*

À la première personne du singulier, pour tous les verbes, les formes du futur (*-rai*) et du présent du conditionnel (*-rais*) sont très proches.
Le futur exprime une action certaine alors que le présent du conditionnel exprime une action hypothétique ou un futur dans le passé.
Pour s'assurer de la forme à employer, il suffit, comme pour l'imparfait et le passé simple, de réécrire la phrase à la troisième personne du singulier.

Ex. : « Si tu veux, je [viendrai ? / viendrais ?] demain à 9 heures. »
→ « Si tu veux, il viendra demain à 9 heures. »
Le verbe est au futur.
→ « Si tu veux, je viendrai demain à 9 heures. »

À la différence de la confusion possible entre imparfait et passé simple qui, elle, ne concerne que le premier groupe, la ressemblance entre futur simple et présent du conditionnel existe pour tous les verbes.

3 Le présent de l'indicatif et le présent du subjonctif

Certains verbes (*croire*, *voir*, etc.) ont au présent du subjonctif et au présent de l'indicatif des formes qui sont homophones*.
Pour entendre la différence, le verbe qui occasionne une hésitation doit être remplacé par les verbes « pouvoir », « venir ».

Ex. : **1.** « Je voudrais que tu [vois ? / voies ?] mon spectacle. »
→ « Je voudrais que tu puisses, que tu viennes »
Le verbe est au présent du subjonctif.
→ « Je voudrais que tu voies mon spectacle. »

2. « Je sais que tu [vois ? / voies ?] très bien. »
→ « Je sais que tu peux, que tu viens »
Le verbe est au présent de l'indicatif.
→ « Je sais que tu vois très bien. »

Testez-vous !

Corrigés p

A. Parmi les mots proposés dans la parenthèse, choisissez la forme correcte « L'an dernier je (jouais / jouai) tous les soirs. »

B. Choisissez la forme correcte : « Si j'avais été averti plus tôt, je (serais / sera venu. »

C. Choisissez la forme correcte : « Je me demande si je (vois / voie) bien. »

D. Choisissez la forme correcte : « J'aimerais bien qu'il (croit / croie) en s chances de réussite. »

Les terminaisons verbales à ne pas confondre

Fiche 35

L'exercice de réécriture, la dictée, mais aussi la rédaction, vous amènent, à un moment ou à un autre, à écrire des formes verbales terminées par le son [i] (qu'on trouve dans *pris*, par exemple) ou le son [y] (qu'on trouve dans *tenu*, par exemple). Il est donc essentiel de bien les identifier et de bien comprendre les sources d'erreur pour éviter de se tromper.

1 Le son [e] à la fin d'un verbe

Trois possibilités existent : l'imparfait (*ais, ait, aient*), le participe passé (*é, és, ée, ées*) et l'infinitif (*er*).

A. L'imparfait de l'indicatif

Des trois formes verbales évoquées, c'est la seule qui est conjuguée. Pour la repérer, il faut la mettre au futur.

> **Attention !**
> Quand le sujet est « vous », le verbe se termine par *-ez*.

Ex. : « Il parlait » → « Il parlera » ; je peux mettre la forme au futur ; elle est donc à l'imparfait.

« Il a parlé » → « Il a ~~parlera~~ » ; je ne peux pas mettre la forme au futur ; elle n'est donc pas à l'imparfait.

B. Le participe passé et l'infinitif

Pour savoir si un verbe du premier groupe est au participe passé (*é*) ou à l'infinitif, il faut le remplacer par un verbe du troisième groupe comme *prendre* ou *mordre*.

Ex. : « Il va parler » → « Il va mordre/prendre » ; je peux remplacer, le verbe se termine donc par *-er*.

« Il a parlé » → « Il a ~~mordre/prendre~~ » ; je ne peux pas remplacer, le verbe ne se termine pas en *-er*.

2 Le son [i] ou [y] au présent de l'indicatif

Au singulier, les verbes du premier groupe se terminent par un *e* (ou *es*) parfois muet au présent de l'indicatif alors que les autres verbes se terminent par un *s* ou un *t*.

A. Les verbes en *-er* (1er groupe)

– Première et troisième personne : *Je/il crie, je m'ennuie, je/il pollue*, etc.
– Deuxième personne : *Tu renies, tu appuies*, etc.

B. Les autres verbes (2e et 3e groupes)

– Première et deuxième personne : *Je/tu finis, je/tu conclus*.
– Troisième personne : *Il finit, il conclut*.

3 Les sons [i] ou [y] au passé simple et au participe passé

A. Pour éviter de confondre passé simple et participe passé

Pour éviter les erreurs, il est d'abord essentiel de bien différencier le passé simple, qui est conjugué, du participe passé qui ne l'est pas. Pour cela, on le remplace par un futur.

Ex. : « Il prit son temps » → « Il prendra son temps » ; je peux remplacer par un futur, le verbe est conjugué (passé simple).
« Il a pris son temps » → « Il a ~~prendra~~ son temps » ; je ne peux pas remplacer par un futur, le verbe n'est donc pas conjugué (participe passé).

B. Le passé simple

Les terminaisons du passé simple pour les verbes des deuxième et troisième groupes sont au singulier : *-s, -s, -t*.

Ex. : *Prendre : je pri**s**, tu pri**s**, il pri**t**.*
*Courir : je couru**s**, tu couru**s**, il couru**t**.*

C. Le participe passé

Le participe passé suit les règles qui concernent les adjectifs qualificatifs et non celles qui fixent la terminaison des verbes conjugués.
– Au masculin singulier (sans accord), pour connaître la dernière lettre d'un participe passé, on le met au féminin.

Remarque
Le participe passé s'accorde en genre (masculin ou féminin) et en nombre (singulier ou pluriel) avec le mot auquel il se rapporte suivant des règles qui sont expliquées **(voir fiche 37**

Ex. : « écrite » → « écri**t** » ; « promise » → « promi**s** » ; « partie » → « parti ».

Testez-vous !

Corrigés p.

A. Comment doivent s'écrire les verbes mis à l'infinitif entre parenthèses : « Il s'est (décider) à (travailler). » ?

B. Quelle est la forme juste ?
« Tu as (écrit/écris) une lettre. »
« Tu (écrit/écris) une lettre. »

C. Comment doit s'écrire au passé simple le verbe à l'infinitif entre parenthèses « Elle (entendre) un bruit. » ?

L'accord du verbe, l'accord de l'adjectif

Fiche 36

Les accords sont le signe orthographique du lien qui existe entre le verbe et son sujet ou entre le nom et certains constituants du groupe nominal*.

1 L'accord du verbe avec son sujet

Le verbe s'accorde en genre (masculin / féminin), en nombre (singulier / pluriel) et en personne avec son sujet. Lorsque l'on écrit ou au moment de la relecture, il est donc important de vérifier le genre, le nombre et la personne du sujet.

Attention
au sujet inversé ou éloigné du verbe !

A. Le genre

- Le masculin l'emporte sur le féminin.

Ex. : « Brigitte, Virginie, Sandrine et Martial sont arrivés. »

- Parfois, c'est la terminaison du participe passé qui permet, dans une phrase, de déterminer le genre du sujet.

Ex. : « Claude est déjà repartie. »
« Claude » est un personnage féminin.

- Le pronom personnel indéfini « on » est masculin.

B. Le nombre

Certains pronoms ou certaines expressions sont toujours au singulier et d'autres toujours au pluriel.

Ex. : « on, chacun, tout le monde, une foule de », etc.
L'expression « la plupart » demande un verbe au pluriel.

C. La personne

Si un pronom de la première ou de la deuxième personne du singulier figure dans un sujet, le verbe se met à la première ou à la deuxième personne du pluriel.

Ex. : « Charlotte et toi devriez aller le voir. »
↑
2e pers. du pluriel

« Charlotte et moi devrions parler. »
↑
1re pers. du pluriel

2 L'accord de l'adjectif

A. Règle générale

L'adjectif s'accorde en genre et en nombre avec le nom auquel il se rapporte.

Parfois, l'adjectif est placé plus loin (l'attribut du sujet, par exemple) et trouver le nom auquel il se rapporte demande d'étudier plus longuement la phrase.

Ex. : « Je vous recommande ce canard aux petits abricots, excellent. »
L'adjectif « petits » se rapporte aux « abricots » alors que « excellent » est une précision concernant le plat dans sa globalité ; il s'accorde donc avec « canard ».

B. Les adjectifs de couleur

■ En règle générale, les adjectifs de couleur s'accordent en genre et en nombre avec le nom auquel ils se rapportent.

Ex. : « des haricots verts ».

■ Cependant les adjectifs qui sont à l'origine des noms parce qu'ils font référence à des objets (un végétal, en particulier) restent invariables*.

Ex. : des chaussures orange, marron, prune, citron, brique, géranium, moutarde, rouille, etc.

Les adjectifs *écarlate, fauve, incarnat, mauve, rose, pourpre* font exception à cette règle et s'accordent.

Ex. : des chaussures mauves, roses, pourpres, etc.

■ Les adjectifs composés sont invariables.

Ex. : des chaussures bleu marine, bleu azur, jaune citron, vert bouteille, vert amande, etc.

> **Rappel**
> Les adverbes sont invariab

Remarque : Pour distinguer adjectifs et adverbes, on se rappellera que les adjectifs se rapportent à un nom alors que les adverbes portent sur un verbe ou un adjectif.

Ex. : « Ces pierres sont creuses. »
→ « creuses » est un adjectif qui s'accorde avec « pierres ».
« Ces pierres sonnent creux. »
→ « creux » est un adverbe invariable qui porte sur le verbe « sonner ».

Testez-vous !

Corrigés p.

A. Mettez au pluriel le groupe nominal : « une fleur rose ».

B. Corrigez l'erreur : « C'est un bouquet de fleurs oranges. »

C. Accordez le mot entre parenthèses : « Dominique et Christophe son (satisfait). »

D. La phrase suivante est-elle convenablement orthographiée ? « Tout le mond est enchantés du spectacle. »

L'accord du participe passé

Fiche **37**

Comme adjectifs ou comme éléments de verbes conjugués, les participes passés se rencontrent fréquemment.

■ Il faut tout d'abord savoir orthographier le participe passé en dehors du problème de l'accord. Il faut également pouvoir repérer un participe passé sans le confondre avec une autre forme (infinitif en *-er* ou passé simple en *-is/-it*) : **voir fiche 35**.

■ Lorsque l'on sait reconnaître un participe passé et l'écrire au masculin singulier sans le confondre avec une forme conjuguée, il faut ensuite identifier la construction dans laquelle il figure afin de pouvoir appliquer les règles d'accord.

Notion-clé
Le participe passé peut se construire avec l'auxiliaire « avoir », avec l'auxiliaire « être », sans auxiliaire, dans une tournure pronominale.

1 Le participe passé au masculin singulier

A. Les verbes du 1er groupe (en *-er*)

Il ne faut pas confondre le participe passé d'un verbe du premier groupe avec son infinitif.
Pour éviter la confusion, on remplace la forme verbale par un verbe du troisième groupe (*prendre, faire, distraire, écrire*, etc.).

Ex. : « Elle est [allée / aller] se [promenée / promener]. »
→ « Elle est prendre… » : impossible.
→ « Elle est allée se prendre… » : possible.
→ « Elle est allée se promener. »

B. Les verbes du 2e groupe (en *-ir* et *-issons*)

Au masculin singulier, le participe passé d'un verbe du deuxième groupe est toujours en *-i*.

Ex. : « finir → fin**i** » ; « grandir → grand**i** ».

C. Les verbes du 3e groupe (autres verbes)

Pour connaître la lettre finale d'un participe passé au masculin singulier, il faut le mettre au féminin.

Ex. : « écrite → écri**t** » ; « permise → permi**s** » ; « partie → part**i** » ; « conclue → concl**u** ».

2 L'accord du participe passé

A. Le participe passé employé sans auxiliaire

Le participe passé employé sans auxiliaire fonctionne comme un adjectif qualificatif et s'accorde en genre et en nombre avec le nom auquel il se rapporte.

Ex. : « Elle part, bien décidée à revenir. »

B. Le participe passé employé avec l'auxiliaire « être »

Le participe passé employé avec l'auxiliaire « être » s'accorde en genre et en nombre avec le sujet.

Ex. : « Elle est partie à contrecœur. »

C. Le participe passé employé avec l'auxiliaire « avoir »

Le participe passé employé avec l'auxiliaire « avoir » ne s'accorde jamais avec le sujet ; il s'accorde avec le COD* si celui-ci est placé avant le verbe.

Ex. : « Hier, il a remporté la victoire. »
« La victoire qu'il a remportée hier lui a redonné confiance. » : accord du participe avec le COD.

Pour bien accorder un participé passé employé avec *avoir*, on peut poser les questions : qui est-ce qui est + participé passé ? ou qu'est-ce qui est + participe passé ? On accorde avec le mot-réponse uniquement si on l'a déjà écrit.

Ex. : « Il a remporté la victoire. » Qu'est-ce qui est remporté ?
On n'a pas encore écrit « la victoire » donc on n'accorde pas.
« C'est cette victoire qu'il a remportée. » Qu'est-ce qui est remporté ?
On a déjà écrit « victoire » donc on accorde.

Testez-vous !

Corrigés p

A. Dans quelle condition le participe passé employé avec l'auxiliaire « avoir s'accorde-t-il avec le COD ?

B. « Elle est blessé. » Cette phrase est-elle correctement orthographiée ?

C. « Je n'ai pas encore lu les romans qu'elle a écrit. » Corrigez l'erreur commi dans cette phrase.

D. Donnez, au masculin singulier, les participes passés des verbes : « promett entreprendre, conclure, prédire ».

Les types de textes

Fiche 38

1 Les types de textes

On distingue plusieurs types de textes selon l'intention de l'auteur.

A. Le texte narratif

Que l'histoire racontée soit réelle ou fictive, il s'agit d'une narration, d'un récit.

B. Le texte descriptif

Le locuteur* décrit un paysage, un objet, une personne : il s'agit d'une description.

C. Le texte explicatif

Le locuteur explique un phénomène, une situation, un fonctionnement afin de le faire comprendre à son destinataire.

D. Le texte argumentatif

Le locuteur cherche à transmettre son opinion à son destinataire : il développe une argumentation.

2 Les genres

Les genres sont des catégories littéraires ; c'est le regroupement d'œuvres littéraires qui présentent des caractéristiques communes.

A. Les genres narratifs

- Si le récit est véridique, ce peut être un texte historique, un compte rendu journalistique ou une autobiographie fidèle.
- S'il est de fiction, ce sera un roman, une nouvelle (court récit de fiction), un conte (court récit à visée didactique*), une fable (court récit en vers à visée didactique).

B. Le théâtre et ses sous-genres

Le théâtre est destiné à être représenté sur une scène. Les sous-genres théâtraux varient en fonction des époques.

- La comédie met en scène des bourgeois, elle fait rire et critique la société.
- La tragédie dans l'Antiquité, au XVIIe siècle (Corneille, Racine) et au XXe siècle met en scène des personnages prisonniers de leur destin.

Exemple-clé
Molière est, au XVIIe siècle, l'auteur de comédies le plus connu.

- Le drame (au XIXe siècle) mélange le tragique et le comique ; c'est un genre qui refuse la séparation du rire et des larmes prônée par les auteurs du XVIIe siècle.
- Le théâtre de l'absurde (au XXe siècle).

C. La poésie

La poésie peut obéir à des règles ou au contraire s'en affranchir et être libre (**voir fiche 42**).

3 Les tonalités

La tonalité caractérise l'effet produit sur le destinataire (lecteur ou spectateur). On distingue ainsi différentes tonalités :

A. Les tonalités comique et satirique

L'auteur cherche à faire rire son lecteur ou son spectateur. Lorsque le locuteur utilise le rire afin de critiquer une situation, on parle de tonalité satirique.

B. Les tonalités tragique et pathétique

Le locuteur cherche à toucher la sensibilité de son lecteur en lui faisant éprouver de la pitié pour les personnages (tonalité pathétique) ou en lui présentant une situation sans issue (tonalité tragique).

C. La tonalité lyrique

Le locuteur exprime ses sentiments* (souvent l'amour ou la tristesse) et cherche à les faire partager à son destinataire.

Exemple-clé
Les poètes ont so
recours à la tonalité lyri

D. La tonalité fantastique

L'auteur introduit dans un univers réel des éléments inquiétants ou surnaturels pour faire peur à son lecteur.

E. La tonalité épique

Le locuteur cherche à faire admirer au lecteur les exploits d'un héros (Ulysse ou Achille, par exemple) et les valeurs d'un peuple.

Testez-vous !

Corrigés

A. Quels sont les quatre types de textes ?
B. Citez deux genres théâtraux importants au XVIIe siècle.
C. Citez deux auteurs de tragédies au XVIIe siècle.
D. Le mot « drame » est-il un synonyme de « tragédie » ?
E. Qu'est-ce qui caractérise la tonalité lyrique ?

Le récit

Fiche 39

1 La composition du récit

A. Les paragraphes

Le récit est organisé en paragraphes qui correspondent à une étape de l'histoire.
Un récit, un texte narratif, raconte un événement réel ou imaginaire. Il se caractérise par l'écoulement d'une durée.

B. Le schéma narratif

Les récits simples (fables ou contes) s'organisent selon un schéma en cinq étapes.

- La situation initiale

Au début du récit, la situation apparaît stable.

- L'élément perturbateur ou déclencheur

Un événement rompt l'équilibre et déclenche les péripéties.

- Les péripéties

Les événements et rebondissements s'enchaînent.

- L'élément de résolution

Un événement apporte une solution au problème de l'histoire.

- La situation finale

La situation est à nouveau stable.

2 Le traitement du temps

Les indicateurs temporels (**voir fiche 47**) jalonnent le récit et, en les repérant, on peut comprendre comment l'auteur a choisi de traiter le temps.

A. La progression chronologique

Le plus souvent, le récit raconte les événements dans l'ordre dans lequel ils se sont produits : c'est la progression chronologique.

Mots-clés
Les principaux indicateurs temporels sont : « puis, ensuite, alors, enfin », etc.

B. L'ellipse

Des sauts dans le temps peuvent être effectués pour ne conserver dans le récit que des événements majeurs ou significatifs. Ce procédé s'appelle l'ellipse temporelle.

On rencontre alors des indices temporels tels que *plus tard, un mois s'écoula, deux ans après.*

C. Le retour en arrière

Parfois, pour expliquer les faits, l'auteur effectue un retour en arrière pour raconter des événements plus anciens.

D. L'anticipation

Le procédé inverse du retour en arrière est l'anticipation : l'auteur raconte des événements qui se produiront plus tard.

3 La rédaction d'un récit

A. Le choix de la personne

- Le récit peut être mené à la première personne (« je »). On pourra relever des indices de l'énonciation* : pronoms personnels, possessifs, déterminants possessifs, etc. Si le récit est vrai, on parlera de « récit autobiographique ». S'il est fictif, on dira qu'il est de « forme autobiographique » et on distinguera le narrateur de l'auteur.
- Le récit peut se faire à la troisième personne (« il »). Mais parfois l'auteur intervient pour donner son avis.
- Lorsqu'il s'agit d'un sujet de rédaction, il est important d'examiner attentivement la consigne afin de déterminer ce qui est attendu. Le choix de la personne est définitif pour tout le passage à rédiger (sauf technique particulière des récits emboîtés les uns dans les autres).

B. Le choix du temps

Le récit peut être fait au présent ou au passé.

- Le présent de narration (**voir fiche 26**) sert à rendre plus proches du lecteur et donc plus vivants les événements racontés.
Au passé, on a recours principalement à deux temps : le passé simple et l'imparfait (**voir fiche 27**).
- Le passé composé est davantage réservé au récit oral.

Exemple-clé

On utilise le passé comp[…] lorsque, dans un dialo[…] un personnage est amen[…] raconter un événement.

Testez-vous !

Corrigés p.

A. Qu'appelle-t-on un retour en arrière ?

B. Qu'appelle-t-on une « ellipse temporelle » ?

C. Quel est l'effet produit par le présent de narration ?

D. Qu'est-ce qu'un récit autobiographique ?

E. L'affirmation suivante est-elle exacte ? « L'auteur n'intervient pas dans u[…] récit à la troisième personne. »

La description

Fiche 40

1 Définition

A. La description : un arrêt sur image

Alors que le récit présente une situation qui évolue dans le temps (**voir fiche 39**), le texte descriptif fixe un paysage, un objet, une personne à un instant donné pour en présenter toutes les caractéristiques. Le temps semble ne plus s'écouler.

B. Du portrait à la caricature

Lorsqu'il s'agit de la description d'une personne, on parle de portrait.
Si ce portrait amplifie les traits du personnage, pour mieux les faire ressortir et pour produire un effet comique, c'est une caricature.

2 La technique de la description

Pour étudier une description ou pour en rédiger une, il est nécessaire de connaître les techniques propres à ce genre.

A. Le temps de la description

Si la description vient s'insérer dans un récit au passé, elle est rédigée à l'imparfait. Ainsi, quand on constate que le temps dominant d'un passage est l'imparfait, on peut bien souvent en conclure que ce passage est descriptif.
On peut cependant rencontrer des descriptions au présent.

> **Remarque**
> L'étude d'une description amène souvent à l'emploi de termes appartenant au vocabulaire de la peinture ou du dessin.

B. La progression de la description

La présentation des différentes caractéristiques du paysage ou de la personne décrits suit, en général, un ordre logique.
Le repérage des indicateurs spatiaux (**voir fiche 47**) permet de déterminer la progression de la description.

- Pour un paysage, on peut procéder de haut en bas, de gauche à droite, du premier plan à l'arrière-plan ; on peut également organiser la description à partir du « point de vue » d'un personnage.
- Pour un personnage, on distingue souvent le portait physique, qui présente son apparence, et le portrait moral qui expose l'intériorité du personnage. Le portrait physique est organisé d'une manière logique : d'une vision d'ensemble (silhouette, expression, etc.) aux détails significatifs, du haut en bas, etc.

C. Le point de vue

■ La description peut donner l'impression de s'écrire toute seule : le narrateur a une vision globale de la scène ; comme s'il était devin, il peut pénétrer jusqu'à l'intérieur de ses personnages et en sait plus qu'eux. C'est le point de vue omniscient ou la focalisation zéro.

■ La description peut aussi être rédigée du point de vue d'un personnage qui est spectateur ; extérieur à la scène, le personnage la regarde et le lecteur voit le paysage, l'objet ou un autre personnage à travers ses yeux. C'est le point de vue externe.

■ Si elle s'effectue du point de vue d'un personnage qui est acteur dans la scène, on parle de point de vue interne.

D. Le vocabulaire

L'étude des champs lexicaux* permet de percevoir les différents thèmes abordés lors de la description.
Lorsque l'on rédige une description, il faut veiller à utiliser un vocabulaire précis.

Conseil
On pourra recourir à di[f]rentes expansions du n[om] (**voir fiche 13**) pour préci[ser] davantage une descript[ion] (adjectifs, compléments [du] nom, subordonnées relative[s])

E. L'intention de l'auteur et la fonction de la description

L'étude des champs lexicaux (le vocabulaire est-il mélioratif* ou péjoratif* ?) révèle l'intention de l'auteur : la description vise à critiquer ou à valoriser le personnage, etc.
De même, lorsque l'on rédige une description, il est préférable de déterminer auparavant l'impression que l'on souhaite donner : « mon paysage sera fantastique, accueillant, hostile, féerique, futuriste », etc.

Testez-vous !

Corrigés p. 1

A. Quel est, au passé, le temps privilégié de la description ?

B. Qu'est-ce qu'une description en focalisation interne ?

C. Comment appelle-t-on un portrait qui amplifie les traits de la personne décrite ?

D. Quelles sont les deux étapes traditionnelles d'un portrait ?

Le théâtre

Fiche 41

Le théâtre est un genre littéraire dont la particularité, à la différence du roman, est qu'il n'est pas destiné à être lu. Sa finalité est un spectacle et non un texte.

C'est pourquoi, lorsqu'on lit ou étudie un texte de théâtre, il faut sans cesse penser au spectacle qui doit en être l'aboutissement.

1 Le théâtre comme spectacle

A. Les personnes impliquées

Si un roman suppose un auteur, un éditeur, des libraires et des lecteurs, le théâtre implique d'autres personnes : un auteur, un metteur en scène, un directeur de théâtre, des acteurs, des techniciens, des spectateurs.

Le roman est fait pour être lu, silencieusement, par une personne à la fois. En revanche, une pièce de théâtre est destinée à être jouée devant un grand nombre de spectateurs et chaque représentation est différente de la précédente.

B. Le théâtre : un spectacle destiné à toucher nos sens

La pièce de théâtre représentée nous touche de différentes manières.

- Notre oreille est touchée : les paroles des personnages, les bruits, les cris, la musique, etc.
- Notre vue est également sollicitée : les costumes, les décors, les gestes, les mimiques des acteurs, etc.

Ainsi, le texte n'a pas toujours la place essentielle dans une pièce de théâtre et le jeu des acteurs est tout aussi important. Molière l'avait bien compris, lui qui était à la fois auteur, metteur en scène et acteur.

C. Quelques exemples qui illustrent la priorité accordée au spectacle

- Sans aller chercher du côté de l'opéra, certaines pièces, comme *Le Bourgeois gentilhomme*, témoignent de l'association de la littérature et de la musique. Molière et Lully se sont associés pour le plaisir total des spectateurs.

■ Dans la *commedia dell'arte*, le texte se réduit à un canevas, le scénario, c'est-à-dire l'esquisse de l'intrigue ; les acteurs improvisent sur scène et se livrent à de nombreuses acrobaties.

Exemple-clé
Arlequin est un valet dan
théâtre italien de la *comm*
dell'arte pour lequel le t
n'est pas l'élément essen

2 Le théâtre comme texte

A. La composition d'une pièce de théâtre

Traditionnellement, une pièce de théâtre est partagée en actes et en scènes.

■ À l'origine, le changement d'acte correspondait au renouvellement des chandelles. Chaque acte constitue une unité d'action. Ainsi le premier acte est l'acte d'**exposition** car l'auteur expose la situation initiale et présente les personnages. Le dernier acte est celui du **dénouement**.

■ Le changement de scène correspond à l'entrée ou à la sortie d'un personnage. La longueur des scènes varie ; certaines petites scènes ne servent que de transition entre deux scènes essentielles.

B. Le texte

On pourrait dire qu'il existe deux sortes de textes dans une pièce de théâtre : les répliques et les didascalies.

■ Les **didascalies**, appelées aussi indications scéniques, donnent des renseignements sur le décor, le déplacement des acteurs, le ton des répliques. Elles facilitent la mise en scène de la pièce.

■ Les **répliques** sont les paroles des personnages.
Lorsque la réplique est longue, on parle de **tirade**.
Lorsque l'acteur est seul sur scène, la réplique qu'il prononce est un **monologue**.
Une réplique prononcée à part, sans que l'interlocuteur l'entende, est un **aparté**.

Testez-vous !

Corrigés p.

A. Donnez une expression synonyme de « didascalie ».
B. À quoi correspond la division en scènes ?
C. Comment appelle-t-on une longue réplique ?
D. Qu'est-ce qu'un aparté ?
E. Quelle est la finalité d'un texte de théâtre ?

La poésie

Fiche 42

1 La poésie de forme traditionnelle

A. Le décompte des syllabes

■ À la fin des mots, on compte le *-e* final si le mot suivant commence par une consonne ; on ne le compte pas si le mot suivant débute par une voyelle car on effectue la liaison.

Ex. : *« U-ne-Gre-noui-lle-vi-tun-Bœuf. »*
1 2 3 4 5 6 7 8

« Tout-pe-tit-prin-cea-des-am-ba-ssa-deurs. »
1 2 3 4 5 6 7 8 9 10

La Fontaine.

■ Parfois, certains mots sont mis en valeur par un procédé qui les allonge : la diérèse, qui consiste à prononcer en deux syllabes un son qui habituellement ne l'est qu'en une.

Ex. : *« En-vi-eu-se-s'é-tend-et-s'en-fleet-se-tra-vaille. »*
1 2 3 4 5 6 7 8 9 10 11 12

L'adjectif « envieuse » est mis en relief grâce à la diérèse.

B. Les trois types de vers pairs les plus courants

Les vers français sont le plus souvent des vers pairs, c'est-à-dire des vers dont le nombre de syllabes est pair.
– Un vers de huit syllabes est un octosyllabe.
– Un vers de dix syllabes est un décasyllabe.
– Un vers de douze syllabes est un alexandrin.

> **Exemple-clé**
> Verlaine est un poète du XIXe siècle qui a tenté d'utiliser des vers impairs.

L'alexandrin classique est partagé en deux parties de six syllabes appelées hémistiches ; la pause centrale est la césure.

Ex. : *« Le monde est plein de gens / qui ne sont pas plus sages. »*
↑ ↑ ↑
le premier hémistiche / la césure / le second hémistiche

La Fontaine.

C. La richesse de la rime

La rime est plus ou moins riche selon la longueur de la sonorité qui se répète d'un vers à l'autre. La rime est pauvre lorsqu'elle est simplement constituée d'une voyelle.

D. La disposition des rimes

■ Lorsque les rimes se suivent (***a-a-b-b***), on parle de rimes suivies ou plates.

Ex. : « Hé bonjour, Monsieur du Corbeau ! (a)
Que vous êtes joli ! Que vous me semblez beau ! » (a)

La Fontaine, « Le Corbeau et le Renard ».

■ Lorsque le premier vers rime avec le troisième et le deuxième avec le quatrième (***a-b-a-b***), on parle de rimes croisées.

■ Lorsque le premier vers rime avec le quatrième et le deuxième avec le troisième (***a-b-b-a***), on parle de rimes embrassées.

Ex. : « Le monde est plein de gens qui ne sont pas plus sages : (a)
Tout bourgeois veut bâtir comme les grands seigneurs ; (b)
Tout petit prince a des ambassadeurs ; (b)
Tout marquis veut avoir des pages. » (a)

La Fontaine, « La Grenouille qui veut se faire aussi grosse que le Bœuf ».

2 Le renouvellement de la poésie

Dans la seconde moitié du XIXe siècle, les poètes rejettent les règles traditionnelles.

A. Le poème en prose

Sans marquer le retour à la ligne pour indiquer un nouveau vers, le poème en prose invente ses propres règles et ses propres harmonies pour toucher son lecteur.

B. Le poème en vers libre

Le poème garde la forme du vers mais la longueur de ces vers est variable et les rimes sont souvent absentes. La ponctuation disparaît parfois, signe de liberté.

C. La chanson

La poésie et la musique sont associées depuis l'Antiquité et le poème, parce qu'il accorde une grande importance aux rythmes et aux sonorités, est très proche de la chanson. Au XXIe siècle, la chanson touche un large public.

Exemple-clé
L'image d'Orphée et sa montre l'association d poésie et la musique dant l'Antiquité.

Testez-vous !

Corrigés p

A. Comment appelle-t-on la pause centrale qui sépare l'alexandrin en deu parties égales ?

B. Qu'est-ce qu'un poème en vers libre ?

C. Indiquez les trois procédés de disposition des rimes employés le plus courar ment dans la poésie française.

D. Précisez ce qu'est un vers impair.

L'argumentation

Fiche 43

1 Définition

A. La visée du texte argumentatif

Un texte argumentatif est un texte qui défend un point de vue. Il s'agit pour l'auteur d'emporter par différents moyens (arguments ou procédés) l'adhésion de son destinataire.

> **Remarque**
> À la différence du texte explicatif, le texte argumentatif entre souvent dans un débat. Il suscite des réactions.

B. Les formes littéraires de l'argumentation

L'argumentation peut prendre des formes littéraires variées. L'auteur peut utiliser la forme de l'essai (texte théorique) mais il peut aussi recourir aux différents genres de la fiction (argumentation indirecte).

Dans *Les Femmes savantes* de Molière, certaines répliques sont de véritables argumentations. C'est ainsi que Chrysale soutient son point de vue concernant l'éducation des femmes :

« Chrysale :
Il n'est pas bien honnête, et pour beaucoup de causes,
Qu'une femme étudie et sache tant de choses.
Former aux bonnes mœurs l'esprit de ses enfants,
Faire aller son ménage, avoir l'œil sur ses gens,
Et régler la dépense avec économie,
Doit être son étude et sa philosophie. »

Molière, *Les Femmes savantes*, acte II, scène 7, 1672.

2 Le contexte de l'argumentation

A. L'énonciation

Il est important de déterminer à qui appartient le point de vue présenté et à qui est destinée l'argumentation. Est-ce la position de l'auteur ou simplement celle d'un personnage ? S'agit-il de convaincre le lecteur ou un interlocuteur dans un dialogue ?

Pour cela on précise la situation d'énonciation* : locuteur*, destinataire, lieu et temps de l'énonciation.

B. Le contexte historique

Certains points de vue sont liés à la façon de penser propre à une époque. C'est le cas, par exemple, du discours de Chrysale cité plus haut. Le texte argumentatif doit être replacé dans le contexte historique et social de son écriture.

3 La technique de l'argumentation

A. Convaincre et persuader

■ Convaincre le lecteur, c'est emporter son adhésion grâce à des arguments et un raisonnement ; il s'agit de faire appel à son intelligence.

■ Persuader le lecteur, c'est faire appel à sa sensibilité grâce à des procédés de style.

Notion-clé
Dans l'argumentation auteurs jouent sur la et le langage pour mettre leurs idées.

B. Le thème

Un texte argumentatif traite d'un thème (la médecine, la science, le travail, l'école, etc.).

Ex. : Dans l'extrait des *Femmes savantes*, donné plus haut, le thème traité est celui de la condition des femmes.

C. La thèse

La thèse est le point de vue soutenu dans le texte argumentatif.

Ex. : La thèse de Chrysale est que les femmes doivent se contenter d'une fonction maternelle et domestique.

Dans un dialogue, plusieurs thèses peuvent s'opposer : on parle alors de la thèse et de l'antithèse.

D. Les arguments

Pour convaincre un interlocuteur ou un lecteur de la justesse de sa thèse, le locuteur (ou tout simplement l'auteur) s'appuie sur plusieurs arguments. Les arguments sont des idées qui viennent soutenir la thèse développée.

E. Les exemples

Pour que les arguments soient plus clairs et plus convaincants, l'auteur a recours à des exemples.

Les exemples ne sont pas des arguments ; ils viennent les illustrer.

Ex. : Thème : la ville.
Thèse : Il est préférable de vivre en ville plutôt qu'à la campagne.
Argument : En ville, tout est plus accessible.
Exemple à l'appui : Les établissements scolaires et les bibliothèques sont regroupés en ville.

Testez-vous !

Corrigés

A. Qu'est-ce qu'un texte argumentatif ?

B. Peut-on soutenir plusieurs thèses différentes à propos d'un thème ?

C. Dans une argumentation, quel rôle jouent les exemples ?

Le vocabulaire

Fiche 44

1 La composition d'un mot

A. Les différentes parties du mot

■ Le **radical*** d'un mot est le mot simple contenu dans ce terme.

Ex. : « inaccessibilité ».

■ Le **préfixe** est l'élément qui se place devant le radical pour en modifier le sens. Un préfixe qui inverse le sens du radical est un préfixe privatif ou négatif (*in-*, *anti-*, etc.).

Ex. : « inaccessibilité ».

■ Le **suffixe** est placé à la fin du mot.

Ex. : « inaccessibilité ».

B. Les familles de mots

■ Les mots qui ont le même radical appartiennent à la même **famille**.

Ex. : *accès, accessible, inaccessibilité, accéder* sont des mots de la même famille.

■ Un mot qui est formé à partir d'un autre mot est un **dérivé**.

Ex. : « accessible » est un dérivé de « accès ».

2 Le sens d'un mot

A. Le rapprochement de deux mots

■ Deux **synonymes** sont deux mots de sens voisin.

Ex. : « voisin » et « proche » sont deux synonymes.

■ Deux **antonymes** sont deux mots de sens contraire.

Ex. : « voisin » et « lointain » sont deux antonymes.

■ Deux **homonymes** sont deux mots qui se prononcent de la même façon mais qui n'ont pas le même sens.

Ex. : « vers » et « vert » sont deux homonymes.

Notion-clé

Le terme concret* renvoie à une réalité que l'on peut voir, toucher, etc.
Le terme abstrait* renvoie à une réalité qu'on ne peut ni voir, ni sentir, ni toucher, etc.

B. La classification des mots selon leur sens

■ On distingue les mots concrets des mots abstraits.

Ex. : *livre, crayon, gomme* sont des termes concrets ; *lecture, littérature, pensée, logique, blancheur* sont des termes abstraits.

On peut aussi classer les mots selon qu'ils désignent un être animé ou inanimé.

C. L'ensemble des significations d'un même mot

Un mot peut avoir plusieurs sens ; l'ensemble de ces significations constitue son champ sémantique.
On peut utiliser un mot dans son sens premier (son sens propre), mais aussi dans un sens dérivé : c'est le sens figuré.

Attention !
On évitera de confondr[e le] champ sémantique d'u[n mot] avec le champ lexical d[e la] notion.

Ex. : Sens propre :
« Armstrong a fait le premier pas sur la Lune. »
Sens figuré :
« Lorsqu'on s'est disputés, il n'est pas facile de faire le premier pas vers la réconciliation. »

3 Les champs lexicaux

A. Le champ lexical d'une notion

Un champ lexical* est un ensemble de termes qui se rapportent à la même notion.

Ex. : *jardin, pelouse, ratisser, brouette, jardinier.*
Ces mots appartiennent au champ lexical du « jardin ».

B. Le vocabulaire appréciatif (péjoratif ou mélioratif)

En choisissant tel mot plutôt que tel autre, l'auteur exprime souvent son opinion. C'est notamment le cas du choix des adjectifs qualificatifs

– Sont-ils péjoratifs* ? Le texte est alors une critique de l'idée sous-jacente à ce champ.
– Sont-ils au contraire mélioratifs* ? L'auteur met en valeur les qualités de la notion.

C. Le vocabulaire affectif

L'auteur peut employer des termes destinés à faire partager sa colère, son affection ou sa pitié au lecteur.

Ex. : Joachim du Bellay, pour exprimer son attachement à son pays natal, évoque son « petit village » et sa « pauvre maison » dans son poème « Heureux qui comme Ulysse… »

Testez-vous !

Corrigés

A. Comment appelle-t-on l'ensemble des significations d'un mot ?
B. Donnez une définition du « champ lexical ».
C. Quelles sont les trois parties possibles d'un mot ?
D. Comment appelle-t-on un groupe de mots ayant le même radical ?

Les niveaux de langue

Fiche 45

On ne s'adresse pas à tout le monde de la même manière. Si l'on peut demander à un camarade : « Tu veux venir avec nous ? », on dira plutôt à un adulte que l'on connaît peu : « Voudriez-vous nous accompagner ? »
La syntaxe et le vocabulaire varient en fonction du contexte dans lequel est énoncée la parole. On peut donc s'exprimer de différentes façons : ce sont les niveaux (registres) de langue.

1 Les trois niveaux de langue

L'usage est de considérer qu'il existe trois niveaux de langue, même si, dans la pratique, un discours peut être plus ou moins familier ou plus ou moins soutenu.

A. Le niveau familier

On l'utilise à l'oral lorsque l'on s'adresse à des proches susceptibles de répondre de la même façon.
Ses principales caractéristiques sont :
– le tutoiement ;
– l'emploi de termes familiers, notamment des abréviations : « copain, bidule, télé », etc. Certaines expressions imagées appartiennent au registre familier : « péter les plombs, avoir un bon coup de fourchette », etc. ;
– une syntaxe grammaticalement incorrecte car le plus souvent raccourcie ; la principale marque est la suppression de la double négation : « je sais pas, je veux rien ». La tournure interrogative familière est celle qui ne conserve que l'intonation interrogative, la construction étant identique à celle de la phrase déclarative : « Tu viens avec nous ? »

B. Le niveau courant

C'est un style neutre : le vocabulaire est courant, standard et la syntaxe grammaticalement correcte.
On ne rencontre pas, dans le vocabulaire, d'abréviations telles que « télé » ou « ciné ».
La négation est double : « je ne sais pas, je ne veux rien ».
La phrase interrogative possède une construction propre : « Est-ce que tu viens avec nous ? »

Remarque
Au brevet, les examinateurs attendent des devoirs rédigés en style courant ou soutenu.

Ce niveau de langue est celui, par exemple, des journaux d'information.

C. Le niveau soutenu

Le niveau soutenu est souvent réservé à l'écrit.
Il se caractérise par :
– un vocabulaire recherché, rare ou précieux
Ex. : « un récepteur de télévision » ;
– le vouvoiement et l'emploi de formules de politesse élaborées ;
– une tournure interrogative avec inversion du sujet
Ex. : « Viens-tu avec nous ? »
– certaines constructions grammaticales plus rares ;
Ex. : « Quand bien même je serais fatigué, je serai là. »
(« quand bien même » = « même si ») ;
– l'emploi de temps moins usités tels que le passé simple ou l'imparfait du subjonctif.
Le niveau de langue soutenu est fréquemment utilisé dans la littérature et peut aller jusqu'au style précieux. Cependant, il est important de replacer le texte dans son contexte historique : si l'on rencontre des passés simples dans la bouche des servantes de Molière, ce n'est pas parce qu'elles utilisent un langage soutenu, c'est parce que ce temps était couramment employé au XVIIe siècle.

2 La rédaction d'un devoir

Quelle que soit la matière, un devoir doit être rédigé dans un niveau courant. Tout doit être clairement formulé et le style télégraphique, comme les abréviations, est à proscrire. À l'exception des dates et des heures, les nombres sont écrits en lettres. Si le sujet s'y prête et si l'on est sûr de soi, on peut recourir au style soutenu.

Attention !
Le style familier doit a lument être évité dans devoirs.

Testez-vous !

Corrigés p.

A. Citez les trois niveaux de langue.
B. Quel est le niveau de langue attendu pour l'épreuve de français au brevet
C. « Se gourer, la télé, les copains, les vacances » : parmi ces termes, lesquels so familiers ?
D. « Voulez-vous un conseil ? » À quel niveau de langue appartient cette phras interrogative ?

Les paroles rapportées

Fiche 46

1 Le discours direct

A. Les principales caractéristiques

Dans le discours direct*, les paroles sont rapportées telles qu'elles ont été prononcées par le personnage.
Les guillemets ou un tiret signalent cette parole directement rapportée. L'intonation est conservée : elle est exprimée par la ponctuation.

Ex. : Il voulait devenir médecin et se disait :
– Je mettrai toute mon énergie et je réussirai !

B. Les effets sur le lecteur

Le discours direct rend le récit vivant.
Cependant, lorsqu'on rédige un dialogue, il faut éviter de rapporter des paroles banales, qui n'apportent rien au sujet traité.

2 Le discours indirect

A. Les principales caractéristiques

Dans le discours indirect*, les paroles des personnages sont insérées dans le récit grâce à la syntaxe.
L'intonation de la réplique a disparu (on ne rapporte pas les points d'interrogation ou d'exclamation) et la parole n'est plus signalée par des guillemets ou un tiret.

Ex. : Il voulait devenir médecin, et se disait qu'il mettrait toute son énergie et qu'il réussirait.

La parole devient proposition subordonnée et l'on effectue certaines transformations :

- ajout d'un mot subordonnant

Ex. : « … et se disait qu'il mettrait… » ;

- changement de personne

Ex. : « je » → « il » en accord avec la proposition principale ;

- changement de temps

Ex. : futur (« mettrai ») → présent du conditionnel (« mettrait »).

B. Les effets sur le lecteur

Le discours indirect permet de fondre les paroles dans le récit ; en conséquence, il est moins vivant que le discours direct. Mais il s'avère pratique pour rompre la monotonie d'un échange de paroles en discours direct (**voir fiche 8**).

3 Le discours indirect libre

A. Les principales caractéristiques

Le discours indirect libre* est un intermédiaire subtil entre le discours direct et le discours indirect. Il ne possède pas de marques spécifiques comme les guillemets du discours direct, ou la subordination du discours indirect.

Remarque
Le discours indirect libr
souvent difficile à rep
On ne parvient pas tou
à discerner les passage
sont à mettre sur le co
du personnage ou su
compte du narrateur.

- Comme le discours direct, il conserve l'intonation, le niveau de langue, le vocabulaire de la parole.
- Mais, comme le discours indirect, il se fond dans le récit, applique la concordance des temps et des personnes.

Ex. : « Il voulait devenir médecin ; il mettrait toute son énergie et il réussirait ! »
La première personne et le futur, présents dans le discours direct, sont absents ici ; en revanche, on entend l'intonation enthousiaste du discours direct.

B. Les effets sur le lecteur

Le discours indirect libre donne l'impression que le narrateur est très proche de son personnage et il dynamise le récit.

C. Confusion à éviter

Le discours indirect libre n'est pas toujours aisé à repérer. Ne le confondez pas avec la narration et, notamment, avec les passages narratifs qui résument les propos d'un personnage.

Ex. : « Il nous raconta son enfance heureuse sous les tropiques. »

Testez-vous !

Corrigés p

A. Lorsque l'on a recours à l'interrogation indirecte, le point d'interrogation est conservé ?
B. Perçoit-on l'intonation de la phrase orale dans le discours indirect libre ?
C. Dans quel type de proposition figure le discours indirect ?
D. Quel est l'effet du discours direct sur le lecteur ?

La situation dans le temps et dans l'espace

Fiche 47

On appelle indices spatio-temporels, les indications de lieu (indicateurs spatiaux) et les indications de temps (indicateurs temporels).

1 Le rôle des indices spatio-temporels

A. Dans un texte à la première personne

Dans un texte à la première personne, qu'il s'agisse d'un récit véridique ou de fiction, d'une description, d'un texte argumentatif, les indices spatio-temporels permettent au lecteur de situer le locuteur* dans le temps et dans l'espace. Ce sont les indices de l'énonciation*.

Ex. : « Ta lettre est bien arrivée à Pékin, je l'ai reçue vendredi dernier. »

B. Dans un texte à la troisième personne

Dans un texte à la troisième personne, principalement dans un récit, les indices spatio-temporels permettent au lecteur de situer et d'imaginer le cadre de l'histoire.

Notion-clé
Les indicateurs temporels définissent la chronologie des événements.

2 Les différents indices spatio-temporels

Lorsque l'on recherche les indices spatio-temporels, on est amené à examiner des catégories de mots très variées.

A. Les adverbes

- Indicateurs spatiaux : *ici, là, ailleurs,* etc.
- Indicateurs temporels : *maintenant, demain, autrefois, enfin, ensuite,* etc.

B. Les conjonctions de subordination et de coordination

Indicateurs temporels : *et, puis, lorsque, quand,* etc.

C. Les groupes nominaux compléments circonstanciels

Les compléments circonstanciels de lieu et de temps sont des indices spatio-temporels.

D. Les subordonnées circonstancielles

Les propositions subordonnées conjonctives circonstancielles de temps *(quand…, lorsque…, comme…, depuis que…)* sont des indicateurs temporels.

E. Les propositions subordonnées relatives

Les propositions subordonnées relatives introduites soit par « où », soit par des pronoms composés (*autour duquel, au centre de laquelle*, etc.) sont des indicateurs spatiaux.

F. Les adjectifs

- Indicateurs spatiaux : *vaste, immense, minuscule*, etc.
- Indicateurs temporels : *lent, rapide, tardif, matinal*, etc.

G. Les noms

Les noms, sans occuper nécessairement une fonction de complément circonstanciel, peuvent appartenir au champ lexical* d'un temps ou d'un espace donné.

Ex. : *« Devant nous, la Méditerranée n'avait pas un frisson sur toute sa surface qu'une grande lune calme moirait. »* **Guy de Maupassant**.

→ « *la Méditerranée* » occupe une fonction sujet ; c'est pourtant un indicateur spatial à relever au même titre que « *Devant nous* ».

→ « *une grande lune* » est un élément du décor ; c'est aussi un indice temporel : la scène se déroule, en effet, la nuit.

H. Les verbes

Les temps des verbes peuvent aussi constituer des indices temporels. Le plus-que-parfait, par exemple, exprime une action antérieure à une autre action passée.

L'aspect des verbes constitue une information temporelle en dehors de toute chronologie. On distingue l'aspect accompli (l'action est achevée) de l'aspect non accompli (l'action est en cours d'accomplissement).

Notion-clé

Les temps simples exprin[...] un aspect non acco[...] et les temps composés [...] aspect accompli.

Testez-vous !

Corrigés p.

A. Quelles sont les deux notions recouvertes par l'expression « indices spati[...] temporels » ?

B. Dans un texte à la première personne, que permet le relevé des indices spati[...] temporels ?

C. Parmi les expressions suivantes, relevez celles qui sont des indicateurs temp[...]rels : « au printemps, ici, plus tard, demain, certain, la veille ».

Les liens logiques

Fiche 48

Cause et conséquence sont toujours intimement liées :
« événement A → événement B ».

↑ cause — ↑ conséquence

> **Notion-clé**
> Chronologiquement et logiquement, la cause est antérieure (avant) à la conséquence.

1 L'expression de la cause

A. Les connecteurs logiques*

Certaines conjonctions de coordination* *(et, car)* ou de subordination* (*parce que, comme, étant donné que, du fait que, puisque, vu que*, etc.) introduisent la cause d'un fait donné.
On peut aussi recourir à une préposition* ou à un adverbe de liaison : *grâce à, pour, en raison de, afin de, par, pourtant*, etc.

B. Les autres constructions

- Un participe passé ou une subordonnée participale

Ex. : « Blessé dans son orgueil, il refuse de nous rencontrer. »
« Son équipe ayant gagné, il nous regarde de haut. »

- Un participe présent ou un gérondif

Ex. : « En s'entraînant, il a fait beaucoup de progrès. »

- Les deux-points

Ex. : « Il a beaucoup progressé : il s'est entraîné régulièrement. »

- Une proposition subordonnée relative

Ex. : « Fabrice, qui s'est entraîné régulièrement, a fait de gros progrès. »

2 L'expression de la conséquence

A. Les connecteurs logiques

Certains connecteurs logiques* (conjonctions de coordination ou de subordination, adverbes) signalent l'expression d'une conséquence : *donc, si bien que, en conséquence, par conséquent*.

B. Les autres moyens d'expression

- Un infinitif introduit par la préposition « pour »

Ex. : « Seriez-vous assez gentil pour aller me poster cette lettre ? »

- Les deux-points : ce signe de ponctuation peut aussi bien introduire une cause qu'une conséquence ; le lien logique entre les deux faits posés de part et d'autre des deux-points est supposé évident.

Ex. : « Il s'est beaucoup entraîné : il a progressé. »

3 Les confusions à éviter

Pour éviter de confondre la cause et la conséquence, on classera les événements concernés par ordre chronologique. La cause est en effet toujours antérieure à la conséquence.

Ex. : « Il pleut ; je reste à la maison. »

↑ *cause* — ↑ conséquence

Lorsqu'une phrase est composée d'une proposition principale et d'une proposition subordonnée circonstancielle de cause, on peut la réécrire en remplaçant la principale par une subordonnée circonstancielle de conséquence.

Ex. : « [Comme il pleut], je reste à la maison. »

↑ *prop*. sub. circ. de cause

« *Il* pleut, [si bien que je reste à la maison]. »

↑ *prop*. sub. circ. de conséquence

4 Les autres liens logiques

A. Le but

On ne confondra pas le but et la conséquence, le but supposant une intention ou exprimant un fait qui n'est pas encore réalisé.

Ex. : « Je m'entraîne **pour** réussir ce tournoi. » (intention, événement non encore réalisé)

B. L'opposition

Deux faits sont contradictoires.

Ex. : « Il est malade **mais** il vient quand même au collège. »

C. La condition

La condition est le fait qui doit se réaliser pour qu'un second fait soit possible.

Ex. : « **S**'il pleut (condition), le match est annulé. »

Testez-vous !

Corrigés p.

A. Parmi les connecteurs logiques suivants, quels sont ceux qui peuvent intro-duire une cause : « comme, puisque, lorsque, même si, étant donné que » ?

B. « Il travaille si bien qu'il réussira. » Réécrivez cette phrase de façon employer une subordonnée circonstancielle de cause.

C. Dans une phrase, que peuvent introduire les deux-points ?

L'énonciation

Fiche 49

1 L'acte d'énonciation

A. Définition

L'énonciation est le fait de parler. Le message que l'on produit est un énoncé ; il peut être oral ou écrit. Le locuteur est la personne qui envoie le message (parlé ou écrit), le destinataire est la personne qui le reçoit. La situation d'énonciation est constituée du locuteur, du destinataire, du moment et du lieu de l'énonciation.

locuteur → [message (énoncé)] → destinataire (situation : *lieu, moment, intention*, etc.)

B. La situation d'énonciation

Dégager la situation d'énonciation, c'est identifier le locuteur, le destinataire, le moment et le lieu où a été produit l'énoncé.

Notion-clé

Il est toujours important de définir la situation d'énonciation d'un texte pour en mesurer la portée et en comprendre le sens.

2 L'énoncé ancré dans la situation d'énonciation

A. Définition

On dit d'un énoncé qu'il est ancré dans la situation d'énonciation lorsqu'on peut relever des indices de l'énonciation.

B. Les indices de l'énonciation

On peut relever différentes sortes d'indices de l'énonciation.

■ Les marques des personnes impliquées dans l'énonciation : les pronoms personnels et possessifs, les déterminants possessifs de 1re et 2e personnes : *je, tu, le mien, les vôtres, mon, tes, vos,* etc.

■ Le temps et le lieu de l'énonciation :

• Le temps se définit par rapport au locuteur :

– *aujourd'hui, maintenant,* etc. désignent le moment de l'énonciation ;

– *hier, avant-hier, le mois dernier,* etc. sont des indices d'un passé défini par rapport au moment où l'on parle ;

– *demain, dans une semaine,* etc. expriment une action postérieure au temps de l'énonciation.

Les principaux temps de l'énonciation sont le présent, le passé composé et le futur.

• L'espace se définit également à partir de l'endroit où se situe le locuteur. Les principaux indices sont des adverbes (*ici, là, là-bas, devant*, etc.), des déterminants démonstratifs (*ce, cette, ces*, etc.), des pronoms démonstratifs (*ceci, cela, ça, celui-ci, celle-là*, etc.).

Ex. : « Ici, je profite de mes vacances et je t'envoie cette carte postale. »

3 L'énoncé coupé de la situation d'énonciation

A. Définition

Un énoncé est coupé de la situation d'énonciation lorsqu'on ne peut relever d'indices de l'énonciation.

B. Confusions à éviter

Tous les indices spatio-temporels ne sont pas des indices de l'énonciation.

Indices spatio-temporels ancrés dans la situation d'énonciation	Indices spatio-temporels coupés de la situation d'énonciation
Aujourd'hui Hier Demain Le mois prochain L'an dernier	Ce jour-là, un jour La veille Le lendemain Un mois plus tard L'année précédente

4 La double énonciation

On parle de double énonciation dans certains textes fictifs. D'une part, l'auteur (le locuteur) s'adresse à son lecteur ou à son spectateur (destinataire) et d'autre part, un personnage s'adresse à un autre personnage. C'est le cas dans certains dialogues de théâtre ou de roman mais aussi dans les romans épistolaires (par lettres) ou de formes autobiographiques quand l'auteur et le narrateur (fictif) sont différents.

La double énonciation a souvent été un procédé pour contourner la censure. L'auteur peut mettre ses pensées critiques sur le compte d'un personnage fictif.

Testez-vous !

Corrigés p.

A. Donnez un synonyme d'« énonciateur ».

B. Relevez les indices de l'énonciation dans l'énoncé : « Il m'a demandé si j viendrais demain. »

C. L'énoncé « Il rentre dans un mois » est-il ancré dans la situation d'énoncia tion ou coupé de celle-ci ?

D. Les pronoms personnels sont-ils tous des indices de l'énonciation ?

Les procédés de style : le lexique

Fiche 50

Pour exprimer sa pensée, ses sensations* ou ses sentiments*, on peut jouer avec le lexique et la syntaxe : c'est ce que l'on appelle le « style ». Chaque auteur a son style, c'est-à-dire sa manière propre d'écrire, d'utiliser le dictionnaire et la grammaire ; il emploie des procédés de style appelés aussi procédés de rhétorique ou figures de rhétorique.

1 Les principales figures d'analogie*

L'auteur rapproche la réalité qu'il veut exprimer d'une autre réalité.

A. La personnification

La personnification attribue à des animaux ou à des êtres inanimés des caractéristiques humaines.
Lorsque c'est une idée (la beauté, la bonté, etc.) qui est personnifiée, on parle d'allégorie.

Exemple-clé
La Fontaine, dans « Le Chêne et le Roseau », personnifie la nature.

B. La comparaison et la métaphore

Ces deux procédés comparent une réalité à exprimer (le comparé) à une autre réalité plus claire pour le lecteur (le comparant).
La comparaison recourt à un outil comparatif (*comme, pareil à,* etc.).
La métaphore permet de comparer sans employer d'outil de comparaison.

Ex. : « un océan de blé ».
Le champ de blé est comparé à l'océan ; il n'y a pas d'outil de comparaison : c'est donc une métaphore.

Lorsque la métaphore porte sur plusieurs termes dans une même phrase ou dans un même paragraphe, on parle de métaphore filée.

2 Les procédés d'exagération

Ces procédés soulignent une réalité en la grossissant ; on les appelle aussi « procédés d'amplification ».

A. La répétition

Répéter plusieurs fois un mot ou une expression attire nécessairement l'attention du lecteur.

Lorsque le mot répété est en tête de phrase (ou en tête de vers, pour un poème), on parle d'anaphore.

Ex. : *« Rome, l'unique objet de mon ressentiment !*
Rome, à qui vient ton bras d'immoler mon amant !
Rome qui t'a vu naître et que ton cœur adore ! »

Corneille, *Horace*, acte IV, scène 5, 1640.

Ces vers sont marqués par l'anaphore du mot « Rome ».

B. L'hyperbole

En employant des superlatifs **(voir fiche 14)** ou des termes forts, en utilisant des énumérations, on peut exagérer une situation ou une description afin d'impressionner le lecteur : ce peut être un procédé à effet dramatique ou à visée comique comme dans la caricature.

Ex. : *« un pic, un roc, une péninsule »*, pour désigner le nez de Cyrano de Bergerac, le héros de la pièce d'Edmond Rostand.
Dans cette expression, l'hyperbole repose sur une accumulation de métaphores.

3 Les procédés d'atténuation

A. La litote

Ce procédé consiste à exprimer une réalité violente en l'atténuant par une tournure négative. Le lecteur comprend que la réalité dépasse ce qui est dit.

Ex. : *« Va, je ne te hais point. »*
Dans ce célèbre vers extrait du *Cid* de Corneille, Chimène avoue ainsi son amour pour Rodrigue.

B. L'euphémisme

En choisissant un terme plus faible, on peut exprimer une réalité en l'atténuant, pour la rendre plus acceptable.

Exemple-clé
« Il nous a quittés » p[…] dire « Il est mort » est[…] euphémisme.

Testez-vous ! *Corrigés p.*

A. Expliquez ce qu'est une métaphore.

B. Lorsqu'elle se poursuit sur plusieurs termes, quel nom est donné à la méta-phore ?

C. Quel est le procédé souvent utilisé dans la caricature ?

D. L'« Océan blême » : dans cette expression, quel est le procédé de style utilis[…] par le poète Jules Laforgue ?

Les procédés de style : la syntaxe

Fiche 51

En utilisant la syntaxe, c'est-à-dire la construction des phrases, on peut aussi exprimer ou souligner sa pensée.
Par exemple, une accumulation de phrases courtes et simples (un seul verbe conjugué) peut donner l'impression d'un style neutre ou bien d'un style enfantin, alors qu'une longue phrase liant principales et subordonnées donnera au contraire une impression de complexité.
De nombreux procédés de style reposent sur une utilisation de la syntaxe.

1 Les procédés de parallélisme

A. Le parallélisme

Lorsque deux constructions se répètent dans deux phrases ou dans deux propositions, on parle de parallélisme.

Ex. : *« Je ne veux point fouiller au sein de la nature,*
Je ne veux point chercher l'esprit de l'univers. »

Joachim du Bellay, *Les Regrets* (1558).

Ces deux vers sont composés de la même façon.
Les deux propositions indépendantes sont parallèles :
– verbe « vouloir » à la première personne du singulier du présent ;
– double négation ;
– infinitif complément d'objet accompagné de son propre complément *(au sein de la nature, l'esprit de l'univers).*

B. Le chiasme

Dans cette figure, quatre éléments sont en jeu : on peut associer le premier et le quatrième de ces éléments tandis que le deuxième et le troisième sont proches.

Ex. : *« Et l'on voit de la flamme aux yeux des jeunes gens*
Mais dans l'œil du vieillard on voit de la lumière. »

Victor Hugo, *La Légende des siècles* (1859).

Le chiasme contribue à souligner, dans ces deux vers, l'opposition entre les *« jeunes gens »* et le *« vieillard »*.

Le chiasme
C'est une figure fondée sur la symétrie des termes.

2 Les figures d'opposition

Certains procédés de style (le chiasme, par exemple, dans les deux vers de Victor Hugo qui précèdent) rendent plus sensible au lecteur une opposition.

A. L'antithèse

Il y a antithèse lorsque deux mots, deux expressions ou deux notions **s'opposent**.

Ex. : ci-dessus, dans les deux vers extraits de *La Légende des siècles*, le chiasme souligne une antithèse. En effet, les deux expressions « *jeunes gens* » et « *vieillard* » sont antithétiques.

B. L'oxymore

Ce procédé consiste à **rapprocher deux termes opposés**.

Ex. : « *le soleil noir de la mélancolie* ».

Gérard de Nerval, *El Desdichado*.

C. L'antiphrase

L'antiphrase est l'expression d'une idée par son contraire, le lecteur étant censé comprendre le **ton ironique***.

Ex. : « Tu es vraiment très gentil », pour dire à quelqu'un qu'il est désagréable.

Il ne faut pas confondre le procédé (ici, l'antiphrase) et l'effet qu'il produit (l'ironie).

3 Le commentaire d'un procédé de style

Un procédé de style n'est jamais un simple ornement ; on ne le commentera donc jamais en disant qu'il est là « pour faire joli ». On ne se contentera pas non plus de le repérer sans en proposer un commentaire en rapport avec le sens du texte.

Un procédé de style exprime et souligne les intentions, les sensations* ou les sentiments* de l'auteur. On peut parler de « **mise en relief** », de « mise en valeur ».

> **Notion-clé**
> Le procédé de style per[…] au lecteur de partage[…] pensée de l'auteur en y é[…] plus sensible.

Testez-vous !

Corrigés p.

A. « L'obscure clarté » : est-ce un oxymore ou une antithèse ?

B. Qu'est-ce que la syntaxe ?

C. Quel est le procédé employé lorsque l'on dit « elle est vraiment très intelli[…]gente » au lieu de « elle est stupide » ?

D. À quoi servent les procédés de style ?

L'étude de l'image

Fiche 52

On distingue l'image fixe (dessin, tableau, photographie) et l'image mobile (le cinéma).

1 Situer l'image dans son contexte

A. Le contexte historique et esthétique

Les œuvres appartiennent à un mouvement esthétique et l'on ne peint pas de la même manière durant la Renaissance (découverte de la perspective, par exemple) et dans les années 1880 (impressionnisme).

B. Les objectifs de l'œuvre

■ On peut s'interroger sur les objectifs du peintre : une commande officielle, comme celle de la Chapelle Sixtine (Michel-Ange), le tableau libre d'un artiste qui, comme Van Gogh, n'a pas connu le succès de son vivant.

■ Dans le cas de la photographie, plus encore que pour les œuvres plus anciennes, il est essentiel de comprendre le but de l'image : informer, célébrer, plaire, persuader (publicité), etc.

■ On peut se demander aussi dans quel cadre (palais, église, journal, etc.), l'image doit être regardée.

2 Étudier les procédés

A. Le support et la matière

■ Dans le cas de la peinture, on étudiera le support sur lequel la toile est peinte ainsi que la dimension du tableau.

■ On s'intéressera aussi aux couleurs et aux textures (huile, aquarelle) d'un tableau. Le jeu des couleurs ou le recours au noir et blanc (ou au sépia) sont aussi essentiels en photographie.

B. Le point de vue

■ Lorsqu'il s'agit de représenter un personnage, une scène ou un paysage, l'artiste adopte une certaine position par rapport à ce qu'il veut peindre ou photographier.

■ Pour la photographie et le cinéma on parle de plongée (point de vue du dessus de la scène) ou de contre-plongée (appareil au-dessous de la scène).

■ L'œil humain choisit de regarder un premier plan ou un plan plus reculé et il adapte sa vision à la distance : l'objet regardé est net alors que le reste est plus flou. La peinture ou la photographie peuvent choisir d'imiter le regard humain en privilégiant un plan plutôt qu'un autre. Elles peuvent aussi présenter chaque plan avec autant de netteté : En photographie comme au cinéma, ce procédé d'optique s'appelle la profondeur de champ ; comme en peinture avec la perspective, il donne l'illusion de la troisième dimension.

C. La composition

Vous pourrez étudier :
– le jeu des différents plans,
– la position de l'objet / la personne fondamental(e) par rapport à l'ensemble de l'image : au centre ou en décalage ?
– La place accordée au(x) personnage(s) par rapport au paysage environnant,
– l'éclairage : d'où vient-il ? que met-il en relief ?
– les lignes : sont-elles droites ou sinueuses ? Vers quelle partie de l'image convergent-elles ? Repérez les parallélismes, les formes qui se répètent, les effets de symétrie (formes et couleurs).

D. L'interprétation

■ Pensez aux intentions de l'auteur (célébrer, critiquer, saisir l'instant, etc.) et interrogez-vous sur ce que vous ressentez : impression de paix, d'oppression, de grandeur, de vie, etc. Repérez les procédés qui créent cette impression.

■ La lecture de l'image passe parfois par un décodage des symboles ; le tableau semble se lire comme un texte. Au spectateur de déchiffrer ces symboles.

Symboles-clés
La rivière représente
temps qui passe, une
de mort nous rappell
fragilité, la vanité (l'inut
de notre existence, un
incarne le savoir, etc.

Testez-vous !

Corrigés p

A. Que peut-on étudier quand on examine les lignes d'un tableau ?
B. Où est placé l'appareil dans une photographie en contre-plongée ?
C. Qu'est-ce que la profondeur de champ ?
D. Que peut symboliser une rivière ?

Corrigés des *Testez-vous !*

Les indications entre parenthèses renvoient au(x) paragraphe(s) de la fiche dans le(s)quel(s) se trouve la réponse à la question.

Fiche 1. **A** : les discours, les genres, les tonalités (registres), les outils grammaticaux et les procédés de style (1). **B** : Relire les appréciations du professeur permet de comprendre ses erreurs et de progresser (2). **C** : tout (réponses, réécriture, dictée, rédaction) doit être relu (3). Fiche 2. **A** : non (1). **B** : Les réponses argumentées ont un barême plus élevé et doivent être développées (2). **C** : elle reprend les termes de la question (2). Fiche 3. **A** : un modalisateur (1). **B** : un terme positif (1). **C** : un terme qui exprime un sentiment (1). **D** : une question qui n'attend pas de réponse (1). **E** : l'autobiographie (2). Fiche 4. **A** : « Les skieurs furent repérés par le chien » (1). **B** : « Il reste modeste bien qu'il ait remporté la victoire » (1). **C** : « Je n'ai pas compté les tournois qu'il a remportés » (2). Fiche 5. **A** : oui (1). **B** : L'introduction, le développement et la conclusion (2). Fiche 6. **A** : non (1). **B** : « Il entra et referma la porte derrière lui » (1). **C** : une relecture qui se fixe des objectifs précis (2). Fiche 7. **A** : du point (2). **B** : une sensation ou un sentiment (1). **C** : non (3). **D** : elle exprime l'intonation de la phrase orale (intro). **E** : ils peuvent introduire une citation, une réplique, une énumération, une explication, une conséquence (2, 3). Fiche 8. **A** : les guillemets, le tiret, les deux points (1, 2). **B** : une proposition qui vient se placer au milieu ou à la fin de la réplique et précise le locuteur (2). **C** : « dire, répondre, assurer, proposer, suggérer, hurler, répliquer, refuser, certifier, murmurer, grommeler, marmonner, faire, reprendre, etc. » (2, 3). **D** : non (2). **E** : un verbe de parole et son sujet, parfois des indications concernant le ton de la réplique ou les gestes (2). Fiche 9. **A** : on risque un hors sujet (1, 2). **B** : la copie d'examen est anonyme (1). **C** : non (1). Fiche 10. **A** : Le journal intime est écrit au jour le jour alors que l'autobiographie suppose que l'on a déjà vécu les années que l'on raconte (2). **B** : Les mémoires témoignent d'événements historiques alors que l'autobiographie est un récit plus intime (2). **C** : présent et passé composé (1). **D** : un texte dans lequel l'auteur exprime ses sentiments (2). Fiche 11. **A** : du moins important au plus important (2). **B** : un argument illustré par un ou plusieurs exemples (2). **C** : ils expriment les liens logiques entre les différentes idées (2). **D** : « parce que, puisque, comme, étant donné que, car », etc. (2).

Fiche 12. **A** : nom, adjectif, déterminant, pronom, verbe (2). **B** : complément d'objet (COD, COI, COS), sujet, complément d'agent (1, 3). **C** : une conjonction de coordination (2). **D** : une conjonction de subordination (2). Fiche 13. **A** : l'adjectif, le complément du nom, la subordonnée relative (1). **B** : une impression de grande précision souvent caractéristique d'un passage descriptif (2). **C** : « qui paraît chaque semaine » (2). **D** : « enfantin, puéril, infantile » (2). Fiche 14. **A** : épithète du nom, apposé au nom, attribut (du sujet ou du COD) (2). **B** : non (1). **C** : deux (3). **D** : attribut du sujet « performance » (2). Fiche 15. **A** : articles définis, articles indéfinis, articles partitifs (1). **B** : article partitif (1). **C** : article indéfini (1). **D** : pronom personnel (3). Fiche 16. **A** : pronom démonstratif (1). **B** : en, y (1). **C** : les pronoms personnels et les pronoms possessifs (1). **D** : pronom interrogatif (1). Fiche 17. **A** : un pronom personnel de la même personne que le sujet s'intercale entre le sujet et le verbe (3). **B** : l'indicatif, le subjonctif, le conditionnel et l'impératif (2). **C** : la certitude (2). **D** : on peut le remplacer par le verbe « être » (1). **E** : un verbe qui n'admet pas de complément d'objet (1). Fiche 18. **A** : un sujet placé après le verbe (1). **B** : un verbe qui admet un COI (4). **C** : une tournure impersonnelle (2). **D** : sujet réel ou logique du verbe « se produire » (2). **E** : COS du verbe « donner » (3). Fiche 19. **A** : le verbe « être » (2). **B** : ce sont des verbes d'état (2). **C** : oui (1). **D** : avec le COD (1). **E** : attribut du sujet « il » (1, 2). **Fiche 20.** **A** : il peut être déplacé ou supprimé (1). **B** : complément circonstanciel de temps (2). **C** : classe grammaticale : adverbe ; fonction : CC de manière (2). **D** : CC de cause (2). **Fiche 21.** **A** : apposé à « région » (2). **B** : non (1). **C** : la même chose que le nom auquel il se rapporte (2). **D** : COI du verbe « ressembler » (1). **Fiche 22.** **A** : une phrase qui ne contient aucun verbe conjugué (2). **B** : un sentiment ou une sensation (1). **C** : un point ou un point d'exclamation (1). **D** : une interrogation qui porte sur l'ensemble de la phrase et qui n'admet que deux réponses : oui ou non (1). **E** : indicatif, conditionnel, subjonctif et impératif (2). **F** : un seul verbe (2). **Fiche 23.** **A** : deux propositions juxtaposées (5). **B** : les propositions indépendante, principale et subordonnée (2). **C** : un seul (1). **D** : elle est introduite par un mot subordonnant (2). **Fiche 24.** **A** : « qui, que, quoi, dont, où » (1). **B** : à ce que le mot subordonnant a un antécédent (3). **C** : complément de l'antécédent (3). **Fiche 25.** **A** : « qui, que, quoi, où » (1). **B** : le pronom relatif a un antécédent, le pronom interrogatif n'en a pas (1). **C** : Non (2). **D** : complément circonstanciel (2).

Fiche 26. **A** : « je résous » (1). **B** : « j'appuierai » (2). **C** : le présent du moment où l'on parle (3). **D** : une action à venir, un ordre (4). **Fiche 27.** **A** : « je laçai » (1). **B** : « nous vînmes » (1). **C** : « vous pariiez » (1). **D** : une action non limitée dans le temps (2). **Fiche 28.** **A** : passé antérieur (1). **B** : présent (voix passive) (1). **C** : futur antérieur (1). **D** : l'antériorité par rapport à une autre action passée (2). **Fiche 29.** **A** : un ordre, une interdiction ou un conseil (3). **B** : « Écoute bien ! » (3). **C** : « nous le saurions » (1). **D** : Futur dans le passé, action hypothétique, atténuation de politesse (1). **Fiche 30.** **A** : « qu'il ait » (1). **B** : « que je voie » (1). **C** : quatre (1). **D** : un ordre (2). **Fiche 31.** **A** : non (3). **B** : « de » ou « par » (3). **C** : passé antérieur passif (2). **D** : « On résoudra ce problème. » (3).

Fiche 32. **A** : l'orthographe qui concerne l'application des règles de grammaire (2). **B** : non (2). **C** : « honneur, honorable, honorifique » (1). **D** : devant a, o et u (1). **E** : devant e et i (1). **Fiche 33.** **A** : deux mots qui se prononcent de la même manière mais n'ont pas le même sens et ne s'écrivent pas de façon identique (1). **B** : « qu'elle » (2). **C** : « quant » (2). **D** : « ce » (2). **Fiche 34.** **A** : « je jouais » (1). **B** : « je serais » (2). **C** : « je vois » (3). **D** : « qu'il croie » (3). **Fiche 35.** **A** : « décidé, travailler » (1). **B** : Tu as écrit une lettre. Tu écris une lettre. (3). **C** : « entendit » (3). **Fiche 36.** **A** : « des fleurs roses » (2). **B** : « orange » (2). **C** : « satisfaits » (2). **D** : non, « enchanté » (2). **Fiche 37.** **A** : si le COD est placé avant le verbe (2). **B** : non, « blessée » accord avec le sujet (2). **C** : « écrits » (2). **D** : « promis, entrepris, conclu, prédit » (1). **Fiche 38.** **A** : narratif, descriptif, explicatif et argumentatif (1). **B** : la comédie et la tragédie (2). **C** : Racine et Corneille (2). **D** : non (2). **E** : l'expression des sentiments (3). **Fiche 39.** **A** : le fait de raconter un événement qui s'est produit avant le récit principal (2). **B** : un saut dans le temps (2). **C** : il rend le récit plus proche du lecteur (3). **D** : un récit dans lequel l'auteur raconte sa propre vie (3). **E** : non (3). **Fiche 40.** **A** : l'imparfait (2). **B** : une description faite du point de vue d'un des participants (2). **C** : une caricature (1). **D** : le portrait physique et le portrait moral (2). **Fiche 41.** **A** : une indication scénique (2). **B** : à l'entrée ou à la sortie d'un personnage (2). **C** : une tirade (2). **D** : un personnage parle sans s'adresser à ses interlocuteurs ; seuls les spectateurs sont censés l'entendre (2). **E** : le spectacle (1). **Fiche 42.** **A** : la césure (1). **B** : un poème dont les vers n'obéissent à aucune règle (2). **C** : les rimes plates (ou suivies), les rimes croisées et les rimes embrassées (1). **D** : un vers dont le nombre de syllabes est impair (1). **Fiche 43.** **A** : un texte qui défend un point de vue en exposant des arguments (1). **B** : oui (3). **C** : ils illustrent les arguments pour emporter plus sûrement l'adhésion du destinataire (3). **Fiche 44.** **A** : le champ sémantique de ce mot (1). **B** : l'ensemble des mots ou des expressions qui se rapportent à une notion (2). **C** : préfixe, radical, suffixe (1). **D** : une famille de mots, des mots de la même famille (1). **Fiche 45.** **A** : les niveaux familier, courant et soutenu (1). **B :** le niveau courant (1, 2). **C :** « se gourer, la télé, les copains » (1). **D :** soutenu (1). **Fiche 46. A :** non (2). **B :** oui (3). **C :** une proposition subordonnée (2). **D :** il est vivant et donne au lecteur l'impression qu'il entend parler les personnages (1). **Fiche 47. A :** des indicateurs de lieu et de temps (intro). **B :** le relevé permet de situer dans le temps et dans l'espace l'auteur ou le narrateur (1). **C :** « au printemps, plus tard, demain, la veille » (2). **Fiche 48. A :** « comme, puisque, étant donné que » (1). **B :** « Il réussira parce qu'il travaille » (2, 3). **C :** une cause, une conséquence mais aussi un exemple, une citation, une parole, etc. (2). **Fiche 49. A :** locuteur (1). **B :** m', je, demain (2). **C :** ancré dans la situation d'énonciation (dans un mois) (3). **D :** non (il, elle, etc.) (2). **Fiche 50. A :** une comparaison sans outil de comparaison (1). **B :** une métaphore filée (1). **C :** l'hyperbole (2). **D :** la personnification (1). **Fiche 51. A :** un oxymore (2). **B :** la construction des phrases (intro). **C :** une antiphrase (2). **D :** ils servent à mettre en relief la pensée de l'auteur (3). **Fiche 52. A :** droites ou sinueuses, convergence, parallélisme, symétrie (2). **B :** en dessous de ce que l'on photographie (2). **C :** illusion de relief en gardant net les différents plans (2). **D :** le temps qui passe (2).

Tableaux de conjugaison

VOIX ACTIVE	
INDICATIF	
Temps simples	**Temps composés**
Présent j'apporte ; je viens **Futur** j'apporterai ; je viendrai **Imparfait** j'apportais ; je venais **Passé simple** j'apportai ; je vins	**Passé composé** j'ai apporté ; je suis venu(e) **Futur antérieur** j'aurai apporté ; je serai venu(e) **Plus-que-parfait** j'avais apporté ; j'étais venu(e) **Passé antérieur** j'eus apporté ; je fus venu(e)
SUBJONCTIF	
Temps simples	**Temps composés**
Présent que j'apporte ; que je vienne **Imparfait** que j'apportasse ; que je vinsse	**Passé** que j'aie apporté ; que je sois **Plus-que-parfait** que j'eusse apporté ; que je fusse venu(e)
CONDITIONNEL	
Temps simple	**Temps composés**
Présent j'apporterais ; je viendrais	**Passé 1re forme** j'aurais apporté ; je serais venu(e) **Passé 2e forme** j'eusse apporté ; je fusse venu(e)
IMPÉRATIF	
Temps simple	**Temps composé**
Présent apporte ; viens	**Passé** aie apporté ; sois venu(e)
INFINITIF	
Temps simple	**Temps composé**
Présent apporter ; venir	**Passé** avoir apporté ; être venu(e, s, es)
PARTICIPE	
Temps simples	**Temps composé**
Présent apportant ; venant **Passé** (sens passif) apporté(e, s, es) ; venu(e, s, es)	**Passé** (sens actif) ayant apporté ; étant venu(e, s, es)

VOIX PASSIVE	
INDICATIF	
Temps simples	**Temps composés**
Présent je suis conseillé(e) **Futur** je serai conseillé(e) **Imparfait** j'étais conseillé(e) **Passé simple** je fus conseillé(e)	**Passé composé** j'ai été conseillé(e) **Futur antérieur** j'aurai été conseillé(e) **Plus-que-parfait** j'avais été conseillé(e) **Passé antérieur** j'eus été conseillé(e)
SUBJONCTIF	
Temps simples	**Temps composés**
Présent que je sois conseillé(e) **Imparfait** que je fusse conseillé(e)	**Passé** que j'aie été conseillé(e) **Plus-que-parfait** que j'eusse été conseillé(e)
CONDITIONNEL	
Temps simple	**Temps composés**
Présent je serais conseillé(e)	**Passé 1re forme** j'aurais été conseillé(e) **Passé 2e forme** j'eusse été conseillé(e)
IMPÉRATIF	
Temps simple	**Temps composé**
Présent sois conseillé(e)	**Passé** (inusité) aie été conseillé(e)
INFINITIF	
Temps simple	**Temps composé**
Présent être conseillé(e, s, es)	**Passé** avoir été conseillé(e, s, es)
PARTICIPE	
Temps simples	**Temps composé**
Présent étant conseillé(e, s, es)	**Passé** ayant été conseillé(e, s, es)

ACCUEILLIR

INDICATIF			
Présent j'accueille	**Futur** j'accueillerai	**Imparfait** j'accueillais	**Passé simple** j'accueillis
SUBJONCTIF		**CONDITIONNEL**	
Présent que j'accueille ; que nous accueillions	**Imparfait** que j'accueillisse	**Présent** j'accueillerais	
IMPÉRATIF		**PARTICIPE**	
Présent accueille ; accueillons ; accueillez		**Présent** accueillant	**Passé** accueilli

ACQUÉRIR

INDICATIF			
Présent j'acquiers ; nous acquérons	**Futur** j'acquerrai	**Imparfait** j'acquérais	**Passé simple** j'acquis
SUBJONCTIF		**CONDITIONNEL**	
Présent que j'acquière ; que nous acquérions	**Imparfait** que j'acquisse	**Présent** j'acquerrais	
IMPÉRATIF		**PARTICIPE**	
Présent acquiers ; acquérons ; acquérez		**Présent** acquérant	**Passé** acquis

ALLER

INDICATIF			
Présent je vais ; nous allons	**Futur** j'irai	**Imparfait** j'allais	**Passé simple** j'allai
SUBJONCTIF		**CONDITIONNEL**	
Présent que j'aille ; que nous allions	**Imparfait** que j'allasse	**Présent** j'irais	
IMPÉRATIF		**PARTICIPE**	
Présent va ; allons ; allez		**Présent** allant	**Passé** allé

APERCEVOIR

INDICATIF			
Présent J'aperçois	**Futur** J'apercevrai	**Imparfait** J'apercevais	**Passé simple** J'aperçus

SUBJONCTIF		CONDITIONNEL
Présent Que j'aperçoive, que nous apercevions	**Imparfait** que j'aperçusse	**Présent** J'apercevrais

IMPÉRATIF	PARTICIPE	
Présent Aperçois, apercevons, apercevez	**Présent** apercevant	**Passé** aperçu

APPELER

INDICATIF			
Présent j'appelle ; nous appelons	**Futur** j'appellerai	**Imparfait** j'appelais	**Passé simple** j'appelai

SUBJONCTIF		CONDITIONNEL
Présent que j'appelle ; que nous appelions	**Imparfait** que j'appelasse	**Présent** j'appellerais

IMPÉRATIF	PARTICIPE	
Présent appelle ; appelons ; appelez	**Présent** appelant	**Passé** appelé

APPUYER

INDICATIF			
Présent j'appuie ; nous appuyons	**Futur** j'appuierai	**Imparfait** j'appuyais	**Passé simple** j'appuyai

SUBJONCTIF		CONDITIONNEL
Présent que j'appuie ; que nous appuyions	**Imparfait** que j'appuyasse	**Présent** j'appuierais

IMPÉRATIF	PARTICIPE	
Présent appuie ; appuyons ; appuyez	**Présent** appuyant	**Passé** appuyé

CONNAÎTRE

INDICATIF			
Présent je connais ; il connaît	**Futur** je connaîtrai	**Imparfait** je connaissais	**Passé simple** je connus

SUBJONCTIF		CONDITIONNEL
Présent que je connaisse	**Imparfait** que je connusse	**Présent** je connaîtrais

IMPÉRATIF	PARTICIPE	
Présent connais ; connaissons ; connaissez	**Présent** connaissant	**Passé** connu

CROIRE

INDICATIF			
Présent je crois ; nous croyons	**Futur** je croirai	**Imparfait** je croyais ; nous croyions	**Passé simple** je crus

SUBJONCTIF		CONDITIONNEL
Présent que je croie ; que nous croyions	**Imparfait** que je crusse	**Présent** je croirais

IMPÉRATIF	PARTICIPE	
Présent crois ; croyons ; croyez	**Présent** croyant	**Passé** cru

ENVOYER

INDICATIF			
Présent j'envoie ; nous envoyons	**Futur** j'enverrai	**Imparfait** j'envoyais ; nous envoyions	**Passé simple** j'envoyai

SUBJONCTIF		CONDITIONNEL
Présent que j'envoie ; que nous envoyions	**Imparfait** que j'envoyasse	**Présent** j'enverrais

IMPÉRATIF	PARTICIPE	
Présent envoie ; envoyons ; envoyez	**Présent** envoyant	**Passé** envoyé

FAIRE

INDICATIF			
Présent je fais ; nous faisons ; vous faites	**Futur** je ferai	**Imparfait** je faisais	**Passé simple** je fis

SUBJONCTIF		CONDITIONNEL
Présent que je fasse ; que nous fassions	**Imparfait** que je fisse	**Présent** je ferais

IMPÉRATIF	PARTICIPE	
Présent fais ; faisons ; faites	**Présent** faisant	**Passé** fait

JETER

INDICATIF			
Présent je jette ; nous jetons	**Futur** je jetterai	**Imparfait** je jetais	**Passé simple** je jetai

SUBJONCTIF		CONDITIONNEL
Présent que je jette ; que nous jetions	**Imparfait** que je jetasse	**Présent** je jetterais

IMPÉRATIF	PARTICIPE	
Présent jette ; jetons ; jetez	**Présent** jetant	**Passé** jeté

LIRE

INDICATIF			
Présent je lis ; nous lisons	**Futur** je lirai	**Imparfait** je lisais	**Passé simple** je lus

SUBJONCTIF		CONDITIONNEL
Présent que je lise ; que nous lisions	**Imparfait** que je lusse	**Présent** je lirais

IMPÉRATIF	PARTICIPE	
Présent lis ; lisons ; lisez	**Présent** lisant	**Passé** lu

POUVOIR

INDICATIF			
Présent je peux ; nous pouvons	**Futur** je pourrai	**Imparfait** je pouvais	**Passé simple** je pus
SUBJONCTIF		**CONDITIONNEL**	
Présent que je puisse ; que nous puissions	**Imparfait** que je pusse	**Présent** je pourrais	
IMPÉRATIF		**PARTICIPE**	
Présent *inusité*		**Présent** pouvant	**Passé** pu

RÉSOUDRE

INDICATIF			
Présent je résous ; nous résolvons	**Futur** je résoudrai	**Imparfait** je résolvais	**Passé simple** je résolus
SUBJONCTIF		**CONDITIONNEL**	
Présent que je résolve ; que nous résolvions	**Imparfait** que je résolusse	**Présent** je résoudrais	
IMPÉRATIF		**PARTICIPE**	
Présent résous ; résolvons ; résolvez		**Présent** résolvant	**Passé** résolu

VAINCRE

INDICATIF			
Présent je vaincs ; nous vainquons	**Futur** je vaincrai	**Imparfait** je vainquais	**Passé simple** je vainquis
SUBJONCTIF		**CONDITIONNEL**	
Présent que je vainque	**Imparfait** que je vainquisse	**Présent** je vaincrais	
IMPÉRATIF		**PARTICIPE**	
Présent vaincs ; vainquons ; vainquez		**Présent** vainquant	**Passé** vaincu

VALOIR

INDICATIF			
Présent je vaux	**Futur** je vaudrai	**Imparfait** je valais	**Passé simple** je valus
SUBJONCTIF		**CONDITIONNEL**	
Présent que je vaille ; que nous valions	**Imparfait** que je valusse	**Présent** je vaudrais	
IMPÉRATIF		**PARTICIPE**	
Présent vaux ; valons ; valez		**Présent** valant	**Passé** valu

VOIR

INDICATIF			
Présent je vois ; nous voyons	**Futur** je verrai	**Imparfait** je voyais	**Passé simple** je vis
SUBJONCTIF		**CONDITIONNEL**	
Présent que je voie ; que nous voyions	**Imparfait** que je visse	**Présent** je verrais	
IMPÉRATIF		**PARTICIPE**	
Présent vois ; voyons ; voyez		**Présent** voyant	**Passé** vu

Lexique

Les mots définis dans le lexique sont signalés par un * dans les fiches.

A

Abstrait : (adj.) qui n'est pas perceptible par les sens mais par l'intelligence.
Ex. : « la pensée » et « l'amitié » sont des termes abstraits.
Le contraire d'une notion *abstraite* est une notion *concrète*.

Active (voix) : tournure du verbe lorsque le sujet est actif ; c'est le sujet qui effectue l'action. Lorsque le verbe est transitif, la tournure active peut se transformer en tournure passive.

Analogie : (n. f.) ressemblance.

C

CA : (abrév.) complément d'agent.

CC : (abrév.) complément circonstanciel.

CCL : (abrév.) complément circonstanciel de lieu.

Champ lexical : ensemble de termes qui renvoient à une même notion.
Ex. : les mots « briller, ampoule, étoile, lumineux » appartiennent au champ lexical de la lumière.

COD : (abrév.) complément d'objet direct.

COI : (abrév.) complément d'objet indirect.

Complément de phrase : complément circonstanciel ; il peut être supprimé ou déplacé.

Complément du verbe : complément d'objet du verbe (COD, COI, COS). Le COD et le COI ne peuvent pas être supprimés.

Concret : (adj.) qui est perceptible par les sens.
Ex. : « une odeur » et « un bruit » sont des termes concrets.
Le contraire d'une notion *concrète* est une notion *abstraite*.

Conjonction de coordination : mot qui relie deux mots ou deux groupes de mots de même classe grammaticale (deux noms, deux adjectifs, deux propositions, deux phrases) et de même fonction. Les principales conjonctions de coordination sont : *mais, ou, et, donc, or, ni, car.*

Conjonction de subordination : mot ou locution (plusieurs mots) qui introduit une proposition subordonnée conjonctive. Les principales sont : *que, si, quand, lorsque, pendant que, comme, parce que, puisque, étant donné que, afin que, si bien que, de sorte que.*

Connecteur logique : mot (ou groupe de mots) qui sert à établir un lien logique entre deux phrases, deux propositions ou deux expressions.
Ex. : « mais » et cependant » sont deux connecteurs logiques introduisant une opposition.

D – E

Didactique : (n. f., adj.) qui sert à enseigner.

Discours direct : les paroles du personnage sont rapportées directement ; leur intonation est exprimée par la ponctuation. Le discours direct est signalé par des guillemets ou un tiret.

Discours indirect : les paroles du personnage ne sont pas rapportées directement ; elles sont insérées dans un récit, introduites par une proposition principale. La ponctuation du discours direct disparaît.
Ex. : discours direct : – Viens-tu ? discours indirect : Il me demande si tu viens.

Discours indirect libre : les paroles du personnage sont insérées dans le récit tout en conservant l'intonation.
Ex. : Il serait consmonaute !

Discours narrativisé : les paroles du personnage sont résumées.

Énonciation : (n. f.) acte de parole qui conduit à la production d'un énoncé. Cet acte implique la présence d'un locuteur – celui qui parle ou écrit – et d'un destinataire qui écoute ou lit et à qui est destiné l'énoncé.

Expansion du nom : dans le groupe nominal, l'adjectif épithète, le complément du nom et la subordonnée relative complément du nom viennent développer le nom noyau du groupe. On peut les supprimer.

F – G

Fonction essentielle : fonction qui ne peut être supprimée dans la phrase. Par exemple, le sujet est, à la différence des compléments circonstanciels, une fonction essentielle.

Groupe infinitif : groupe de mots centré sur un verbe à l'infinitif. Le groupe infinitif est constitué d'un infinitif et de ses compléments (COD, CC, etc.).
Ex. : « *Je voudrais acheter demain une paire de lunettes de soleil.* »

Groupe nominal : groupe de mots centré sur un nom. Le groupe nominal est constitué d'un nom et de ses différentes expansions (adjectif qualificatif, proposition subordonnée relative, etc.).

H – I – J

Homophones : (n. m.) mots qui se prononcent de la même manière mais qui ont un sens et une orthographe différents.
Ex. : « ou » et « où », « repère » et « repaire » sont des homophones.

Implicite : (adj.) sous-entendu. Une notion, un lien logique peuvent être implicites : ils ne sont pas exprimés et c'est au lecteur de les deviner.
Ex. : « Il a claqué la porte ; il était furieux. » Le lien de cause (« furieux ») à effet (« claquer la porte ») est implicite.

Invariable : (adj.) qualifie un terme qui ne change pas de forme quel que soit le mot auprès duquel il se trouve. Les adverbes, par exemple, ne se mettent jamais au pluriel.

Ironique : (adj.) qui fait preuve d'ironie, qui dit, pour se moquer, le contraire de ce qu'il veut faire comprendre. Le procédé de style le plus souvent utilisé dans l'ironie est l'antiphrase.
Ex. : « C'est superbe ! » pour parler de quelque chose de laid.

Juxtaposé : (adj.) placé à côté, sans lien.
Ex. : « Il pleut ; je rentre. » Ces deux propositions sont juxtaposées.

L – M – N

Locuteur : (n. m.) celui qui émet un message.

Mélioratif : (adj.) qui présente sous un jour favorable un objet, une personne, une notion.
Ex. : l'adjectif « magnifique » est mélioratif. Le contraire de *mélioratif* est *péjoratif*.

Nominale : (adj.) se dit d'une phrase qui ne contient aucun verbe conjugué.
Ex. : « Quelle bonne idée ! » est une phrase nominale.

P

Passive : (voix) tournure du verbe lorsque le sujet est passif ; le sujet subit l'action et c'est le complément d'agent qui l'effectue.
Une phrase à la *voix passive* peut être transformée à la *voix active*.
Ex. : « La lettre a été apportée par le facteur. »

Péjoratif : (adj.) qui présente sous un jour défavorable un objet, une personne, une notion.
Ex. : l'adjectif « ridicule » est péjoratif. Le contraire de *péjoratif* est *mélioratif*.

Personnel : se dit d'un mode dont les formes verbales varient selon la personne. L' indicatif, le subjonctif, le conditionnel et l'impératif sont des modes personnels alors que l' infinitif et le participe sont des modes impersonnels.

Préposition : (n. f.) mot de liaison invariable qui sert à introduire un complément (groupe nominal, pronom, verbe à l'infinitif). Les principales sont : *à, de, dans, chez, contre, depuis, en, pour, sur, avec, sans, selon.*

R – S

Radical : (n. m.) mot simple contenu à l'intérieur d'un autre mot. Pour obtenir le radical d'un verbe, il suffit d'enlever la terminaison de l'infinitif.
Ex. : « acheter » → le radical est *achet.*

Sensation : (n. f.) information reçue par les sens. Les cinq sens sont la vue, l'ouïe, l'odorat, le toucher, le goût. Par exemple, la « chaleur » est une sensation.

Sentiment : (n. m.) état affectif pour des raisons morales ou intellectuelles. « L ' amour » et « l'amitié » sont des sentiments.

Style direct : voir *Discours direct.*

Substitut : (n. m.) mot qui vient remplacer un autre mot ou une expression. Les pronoms (personnels, possessifs, etc.) sont des substituts.

Sujet de la phrase : ce dont parle la phrase, thème de la phrase. Dans une phrase simple, le sujet de la phrase est le sujet du verbe.

V

Variable : (adj.) qui peut changer de forme. Par exemple, les noms sont variables car ils peuvent prendre un « s » ou un « x » au pluriel.

Achevé d'imprimer en Juillet 2021 en Roumanie par Rotolito
Dépôt légal : Janvier 2021 - Édition 02 - 17/6592/6